SORTIE D'USINE

DU MÊME AUTEUR

Sortie d'usine, *roman, 1982.*
Limite, *roman, 1985.*
Le Crime de Buzon, *roman, 1986.*
Décor ciment, *roman, 1988.*
Calvaire des chiens, *roman, 1990.*
La Folie Rabelais, *essai, 1990.*
Un fait divers, *roman, 1994.*
Parking, *1996.*
Impatience, *1998.*

SITE DE L'AUTEUR
www.tierslivre.net

FRANÇOIS BON

SORTIE D'USINE

☆*m*

LES ÉDITIONS DE MINUIT

© 1982/2011 by Les Éditions de Minuit
www.leseditionsdeminuit.fr

ISBN 978-2-7073-2185-5

Une gare s'il faut situer, laquelle n'importe il est tôt, sept heures un peu plus, c'est nuit encore. Avant la gare il y a eu un couloir déjà, lui venant du métro, les gens dans le même sens tous ou presque, qui arrivent sur Paris. Lui contre la foule, remontant. Puis couloir un autre, à angle droit l'escalier mécanique, qui marche c'est chance aujourd'hui, le descend à la salle, vaste carré souterrain où les files se croisent une presse, se divisent, des masses, un désordre pourtant quantifié par bouffées, l'ordre d'arrivée des trains.

La pendule, l'heure, regard réflexe, dressé huilé. Ça marche en général à la minute près : six minutes il lui reste d'ici au quai, le temps donc largement pour qu'il prenne son journal, au kiosque là dans le milieu de la salle, s'il n'y a pas trop de queue. Moins de toute façon qu'aux cigarettes, la file qu'il a dû traverser, lui ne fume pas.

Préparer sa monnaie, coup d'œil aux titres, quelle page il va lire appuyé debout sur le quai. Mais souvent c'est par le métro suivant qu'il débarque, une minute de marge alors, seulement, il faut marcher plus vite, quitte à bousculer ceux d'en face, dispersés, ou se doublant à vitesses inégales les traînards de son sens.

Quelquefois c'est même vraiment le métro de retard, le train loupé de trois minutes à moins, ce qui, question attente, revient au même, que ce soit celui d'avant les six minutes qui le dépote, puisque dans les deux cas c'est onze.

Onze minutes à perdre, soit le train loupé, soit en avance de six plus cinq onze, mais lui ce serait plutôt les retards qui lui tombent dessus par périodes, sans règles mais régulières, comme par vagues. Des semaines entières il arrive au métro près soit à trente-cinq, soit à quarante et puis ça flanche. Sait alors qu'avant de restabiliser c'est bien quatre cinq jours qu'il faudra, au minimum jusqu'au lundi suivant, un coup en avance puis deux fois le quart d'heure à la bourre la même semaine.

Remarque en principe il se fait pointer. Système à deux, le premier arrivé pointe l'autre, discret charge de revanche. Avec son pote. D'autant qu'à trois retards dans le mois c'est la prime d'assiduité qui saute, quinze sacs dans le lard. Alors s'il a un trou comme ça, les onze minutes à paumer, mieux vaut le prendre à la bonne et se payer un jus que rester compter les trains sur le quai.

Heureux, des pendules il y en a partout. Celle-ci fait de la pub au-dessus du zinc. La cafét dans le souterrain. Pas besoin d'avoir de montre dans ce patelin, la sienne est fichue depuis un bail il ne s'en porte pas plus mal. C'est du serré autour de lui, café crème ou pas, petit noir ils disent ou express un-express-un, plus les demis, sauvignons ou croissants la valse de l'autre côté du rade, les trois gars à cette heure ils ne chôment pas. Leurs vannes aussi elles ont leurs périodes leurs modes, allez les enfants mangez-buvez-payez ou bien voilà docteur en balançant sous votre nez la tasse, il en tombe toujours un petit peu. Sans échapper au type qui lui louche par-dessus l'épaule pour lire avec lui son canard, ça il n'a jamais pu s'y faire. Détourner la feuille, jouer le renfrogné. Un des trois surtout, parmi les serveurs, qui brasse on n'entend que lui, son accent auvergnat nous les immigrés dit-il, ses lunettes rondes et l'orange cru du zinc les plastiques.

C'est mieux de monter sur le quai avec un peu de sécurité, la minute. Leurs visages identifiés sauf rares, les retours de week-ends par exemple. Mais la semaine ils ne sont pas nombreux ceux qui ici ne sont pas au quotidien de l'heure. La troupe des gamins du C.E.T. à se rouler leur tabac, eux c'est tous les jours qu'on les voit. Cela fait qu'aux vacances scolaires c'est comme si on en profitait aussi, un peu.

Même il sait qui lit quel journal, ça l'amuse de bigler les titres, les scandales du Parisien surtout. Un type ou deux de sa boîte mais c'est convenu ils s'évitent mine de rien, à cette heure on marche au radar. Le quai donc et l'arrivée du train, en général précis. Le premier vrai bruit, un grondement doublé d'aigus, ce crissement d'acier sur acier. À peine cesse-t-il que vient le lâcher des freins, cette décharge d'air comprimé qui se répète ensuite à chaque arrêt juste derrière les oreilles. Viser plutôt le milieu du wagon, ça dépendra du monde cette bousculade toujours, entre eux et malgré cela chaque jour comme un assaut, la formation d'une grappe rude. Le marchepied si haut, attraper la tige inox un peu grasse. Signal déjà de fermeture des portes, le retardataire qui en fout un bon coup puis excuses mais. Place assise voir vite où se rencogner, sinon l'angle, debout contre la portière, pas le côté quai l'autre. En principe personne ici de sa boîte, il se débrouille à grimper dans un wagon bien vers l'arrière, que ceux ramassés aux arrêts précédents sortent avant lui au portillon. Fixité tacite de leur répartition au wagon près, les bonjours viendront bien assez tôt.

Assis reprendre le journal, l'ouvrir déplier froisser replier, ne s'en sort pas. Déplier encore, regard à côté du vieux. M'emmerde il s'est pas vu cette gueule. Fumeurs qui se croient obligés de fumer, parce que pancarte ou pas ils fument n'importe où à cette heure, puis jamais de contrôle d'ailleurs lui serait le premier à râler, bien assez cher qu'on paye la joie de se taper ça tous les jours. Fumée avec en prime leurs toux. Répétition aussi des groupes, le clan des lycéens, il faut dire L.E.P. maintenant, qui échangent leurs maths. Organisés les jeunes. Répétition des conversations, les quatre là, dans leur commentaire au quotidien de l'Équipe, mais c'est le lundi qu'il faut les voir. D'ailleurs le lundi c'est pas difficile, ça cause ou ça dort, maussades ou comptes rendus des aventures de famille. Ils descendent avant lui les sportifs. Pas des métallos, un genre entrepôt qu'ils doivent gratter. Et les trois avec Libé, un qu'il salue des fois, un instit en imper noir, l'école juste sur le chemin de la boîte, il y a chaque matin la troupe de gamins, il faut descendre du trottoir pour passer. Et premier arrêt, les arrêts qu'il ne compte même plus.

Ne les compte pas. Noir encore dehors et l'été des gris, du sombre une brume, du brouillard un glauque sauf, juste passé le périph, très propre et très nette au bord de la voie l'usine à ordures, on voit les bennes qui dépotent à la file sous les cheminées.

Puis les immeubles, cités vaguement roses les plus vieilles, de la brique leurs quatre étages et gris béton les plus récentes, pourtant l'air plus vétuste déjà. Aux fenêtres identiques dans la dispersion des carrés jaunes, l'activité des cuisines, ou le damier des linges à pendre. C'était rare qu'il s'en occupe du bord de voie, sauf parfois à s'accrocher au défilement, les lendemains de fête, ces jours vasouilleux comme un faux départ ou d'autres de levée brusque du ras-le-bol, quand alors il n'achetait même plus le journal, les nouvelles au goût soudain de ressassé, de trop fade, ou dont la prolixité même lui était un haut-le-cœur. Cela le tenait quatre jours, cinq, enfin le reste de la semaine mais pas plus, puisque, quand même, ça aide le journal. Oh, pas d'être au courant ou pas, les discussions on s'en tire toujours, et puis la cantine, les on-dit, elle lui arrivait tout de même, l'actualité. Finalement ils n'étaient pas si nombreux, à préférer lire plutôt qu'écouter au lever la radio, ceux-là n'avaient même plus à pousser de bouton, le réveil et c'est parti, les pubs le naturel au galop. Lui n'avait même pas de poste, la télé encore moins non merci, mais son journal... accrocher au jour ce qui en faisait, oui, le jour malgré tout.

Le bord de voie, connu sans qu'il le regarde, sans qu'il puisse en dire la succession organisée des signes. Mais quand il levait le nez rien ne surgissait de l'inconnu, et lui arrivait comme à sa place, sans surprise. Localisé identifié, recelant à coup sûr l'annonce du signe à suivre jusqu'au détail. Ce noir luisant des passerelles, rambardes entremêlées, se décroisant d'entre les lignes électriques. Les arrêts qu'il ne comptait jamais et pourtant ne se trompait pas quand il fallait se lever, qu'il refermait jusqu'au haut l'anorak dans le ralentissement inégal des freinées bruyantes qui le déséquilibraient, se prenait les pieds dans leurs jambes, se faufilait en se tassant pour remonter jusqu'aux portières, essayant dès le début du quai de les entrebâiller, puisqu'il leur arrivait de coincer, qu'il fallait alors s'y mettre à plusieurs.

L'arrêt jamais loupé, cette surprise d'avoir fait sans y penser les gestes, au moment tout juste, malgré le sommeil, le journal. Comme si tout cela s'était avec le temps peu à peu accordé. Il arrivait à la dernière page un peu avant tout juste, sauf un article ou deux, culturel ou international, qu'il se gardait pour le soir.

Sauf une fois deux, mais c'est alors dès le départ d'avoir carrément pris un mauvais train, hâte inattention on se presse, on se croit à la bourre et c'est dans le train précédent qu'on s'est fourré celui qui ne s'arrête pas, ou bien changement mal signalé de quai, c'est deux trois fois qu'ainsi sa gare avait filé, et à toute allure la perspective juste entrevue au lieu de cette même figure devenue l'enfilade lentement remontée dans la patience quotidienne. Et s'était ces fois-là retrouvé à trente bornes bêtement avant la durée accentuée du retour, chargée du poids de l'inutile fatigue, perdue et plus âcrement ressentie dans les escaliers, puis attendre sans que rien ne se puisse qu'attendre, au bord du quai, debout appuyé. À nouveau se serrer, s'accrocher, se tenir. Les freins les gens, une toux une haleine à supporter. La pression de leurs corps, ce temps à ne rien d'autre qu'à se mobiliser passivement. Ne pas respirer sous son nez les cheveux sales d'un autre, ou ne voir que ce début de calvitie, le détail abrupt d'un maquillage ou d'un furoncle. Et sa gare qu'il repassait en sens inverse puisque c'est de Paris qu'il devait repartir, mais comme idiot à penser que c'est peut-être exactement le même wagon qui.

Leurs visages alors saisis pour la première fois, cependant marqués du même quotidien, aux traits outrepassés pour conjurer cette identité d'eux tous, mais figés dans une même fixité qu'imposait de préserver cette différence dans la répétition des choses. Et pas les mêmes tout à fait pourtant. Peut-être l'heure un poil plus tardive déjà, ce que cela changeait. Des gens de bureau, habillés autrement. On reconnaissait que ces fringues-là ne seraient pas reléguées pour la journée au fond d'un placard. Plus diversifiées, moins de blousons. Et plus de femmes déjà, tout comme les hommes semblaient plus lisses, la peau les mains, ou plus jeunes. Enfin à la demi-heure près lui ne s'y retrouvait plus tout à fait, les journaux eux étaient les mêmes.

Ces deux trois fois la journée en avait été brisée, même si à neuf heures voire avant il était rendu à la

boîte. Arrêt levé descendre bousculer, ils ne se pous-
seront pas ces cons. Et le portillon, ils y font des
travaux pour installer un contrôle automatique.
L'escalier, ses graffiti comme éternels. Il n'avait pas,
non, souvenance de l'apparition d'aucun de ceux-là,
leurs mots difformes en rouge avec des bavures, l'œil
chaque fois piégé avec la même vigueur par la faute,
une lettre qui manquait dans le mot bougnoul, au-
dessus de la porte si lourde à brasser, autrefois vitrée
maintenant une planche ça pouvait faire un an deux,
aux affiches en couches, tenue pour le suivant merci
puis la rue, la rue suivant saison.

Entre nuit et gris mais jour jamais vraiment, l'été
même. Parfois, s'il avait attrapé un train d'avance, et
ça ne lui arrivait pas si rarement qu'il tombe du lit
par hasard, embouteillage ou livraison klaxons, plus
moyen de se rendormir autant y aller – ou même,
mais c'était au tout début, d'une pleine heure il s'était
planté, mal vu les aiguilles, s'était précipité en catastrophe, ne s'était aperçu qu'à la gare de son avance,
une heure à liquider maintenant –, ou bien au
contraire que le train ait eu son petit retard et le quart
d'heure était mort, pas la peine d'arriver à huit heures
trois pour commencer d'être payé à quinze, dans les
deux cas il pouvait aller peinard se prendre un jus au
troquet d'en face, un zinc encombré une vraie cohue,
où ceux qui partaient sur Paris croisaient ceux venus
d'autres banlieues. Plus le jukebox : s'il lui arrivait
d'y aller plusieurs jours d'affilée c'était à la minute
près le même air les tubes, le zinzin branché en défilement automatique plein pot mais ça aide. Il se mar-

rait un peu puisque, chaque fois il s'en faisait la remarque, même s'il n'était pas venu de deux mois il les reconnaissait les habitués, la gueule un peu livide, tous ceux qui attaquaient la journée autrement qu'au petit noir sauf bien arrosé rhum ou calva, ou demis et blancs secs qu'ils se descendaient, la patronne rivée à sa caisse trois cinquante sur dix sauf les yeux qu'elle balançait sur chacun par saccades à croire qu'elle comptait les sucres, et près d'elle une vraie cour, d'ailleurs là-dedans plusieurs de la boîte il les saluait de la main. Tous debout un peu de profil à cause de la place contre le zinc, à peine de quoi poser un coude, le cartable ou la mallette par terre entre les jambes, le visage surtout comme épaissi, une fixité comment dire, puisque lui aussi savait sur son visage les signes pareils, ce n'était pas que l'alcool donc ces plis, bajoues couperosées, ces yeux plus saillants dans un cercle terne, mâché, aux sourcils tendus soulevés inégaux sur le front, les traits rigides ou de certitude affirmée, quelque chose sur la peau comme épaissi.

En général toutefois c'est directement qu'il mettait le cap sur le turbin et filait la rue, puisque le train ne laissait que le temps précis, déterminé. Et rien dans la rue qui méritât qu'on s'y attarde, rien qui trouble l'habitude acquise des pas. Si pourtant, il avait dû louper le pointage à cause de la rue, un novembre, deux ans de ça. Un gamin en mobylette et une bagnole, celle d'ailleurs d'un gars de la boîte en retard pour l'embauche, ça s'était fait sous son nez. Il avait attendu l'ambulance à venir, le gamin à terre son engin tordu, il y avait dessus un badge de chanteur de rock et la roue qui n'arrêtait pas de tourner comme dans les films on n'y avait pas touché le temps que les flics se ramènent. Mais sinon le train de quarante et un arrivait à moins onze il pointait à moins trois, sauf retard du train qui lui bouffe une part des trois minutes de sécurité. Des semaines alors il pointait à moins une, voire juste avant que le bazar ne passe au zéro un fatal, il fallait parfois cavaler.

Certains emmenaient leur carton chez eux : on les voyait qui sortaient le bidule précautionneusement de leur poche intérieure du veston ou bien, et c'était plus rigolard, du fond de la mallette tenue alors oblique sur les genoux, les reins cambrés puisqu'une main devait retenir sur les cuisses la mallette ouverte, à fouiller dans les cartons de loto, entre le parapluie en diagonale et le casse-croûte, oblong dans un papier bien propre avec un élastique, ou le brillant froissé d'un papier alu réutilisé ça c'était les types mariés, plus l'inévitable magazine maison moto ou bagnole. Lui il s'en faisait des pronostics du trésor aperçu, au vu de la gueule du bonhomme. Évidemment ceux-là étaient avantagés puisque n'ayant pas à se farcir de détour, ils pointaient à la première pendule venue et passaient tranquille ensuite au vestiaire, ça leur faisait presque la minute de gagnée. Mais se balader avec ce machin dans sa poche lui ça lui aurait plutôt filé des boutons, carton aux heures imprimées salement, tout de travers, bleu et rouge alternés, sali en haut à la marque des doigts, corné en bas là où trois fois par jour cinq fois la semaine se déclenchait le clic-clac. Lui laissait son carton à l'emplacement normal de son

16

matricule dans l'anonymat du panneau. À gauche le matin à droite le soir, dans le sens où on passait devant la boîte jaune. Et ne se gênait pas pour dire que tout ce truc-là c'était du féodal, à qui voulait l'entendre.

Dès la rue prise il y avait bien quelques poignées de main, les premières. Alors rouler le journal dans la poche, mais dispensé encore de paroles, à moins que vraiment ce soit un pote, on en restait plutôt au salut mec ça gaze et pas plus, et sur le temps ce qu'il y avait à en dire. Encore que sur le temps il n'avait besoin de personne pour s'en faire les remarques tout seul, triste saison. Et d'autant que ce n'était que dans la rue qu'il s'en apercevait, du temps, de chez lui au métro il va les yeux fermés, il lui faudrait des allumettes sous les paupières. Et puis il pouvait bien pleuvoir ici et pas sur Paris, avec la neige c'était flagrant qu'ici les voitures en trimbalent alors que rien à Paris, ça il l'aurait vu. Et ce vent toujours, en pleine poire, tout au long dans l'enfilade malgré les pans resserrés de l'anorak et les mains raidies au fond des poches. Marcher, ce n'est pas le genre de paysage qui pousse à flâner.

Et glissant le trottoir sous la pluie, si souvent la pluie. Une couche grasse par terre devant les boutiques. Et les poubelles, tout au long à déballer leurs mêmes déchets bien domestiques, que l'œil se met à fouiller avant même de se rendre compte que l'on regarde. Détourner la vue, mais pas de trop parce qu'ici avec les clébards mieux vaut savoir où on met les pieds. Ce vieux c'est chaque matin qu'on le croise à faire pisser le sien, juste sous les boîtes aux lettres de la poste. Et c'est au printemps de quelle année, chaque jour ici même cette porte de H.L.M., qu'en plus il s'était toujours demandé comment on pouvait bien y crécher, là-dedans, deux mois durant la poubelle coiffée joliment des couches blanches repliées d'un moutard, la merde en sandwich à déborder doucement, cette odeur si fade qui lui revenait maintenant sans louper rien qu'à la vue de l'endroit. Puis l'ouverture de l'épicerie sur la droite. Après cela, une fois l'école passée, tranquille, plus de boutiques personne sauf ceux comme lui face au vent à se traîner, frôler longer des murs anonymes, entrepôt puis marchand de charbon, des affiches. Le dernier troquet plat du jour. Celui-là, de la tôle il ne devait pas y en avoir beaucoup qu'il ne connaisse pas. Chez Daniel ça s'appelait, au coin de la petite rue à droite qui rejoint le quai de Seine. Eux leur portail s'ouvre sur cette rue transverse et sotte, enfermée dans ses murs, celui de leur boîte et en face celui d'une autre tôle dont il ne connaissait même pas le nom il n'était jamais allé voir plus loin.

Il la savait, cette rue, comme si avant de s'engouffrer dans le turbin il eût multiplié les repères où s'accrocher dans la micrologie du visible pourtant là si pauvre, prendre le signe et le sauver du banal. Comme s'accrocher, oui, au-dehors. Le poteau avec l'affiche enroulée, si vieille, déteinte, illisible presque, c'était pour un bal de quelque chose. Ou la flaque qui de septembre à juin n'avait jamais le temps de sécher. Sauf une fois, ça devait faire un an, qu'ils y avaient balancé des graviers, mais eux tous qui faisaient soir et matin le trajet en traînant de la semelle,

elle s'était refaite bien vite, identique à ce qu'elle avait toujours été, et ils avaient recommencé à la contourner en rasant le mur sur un mètre ou deux. Suivant le temps on voyait cette sorte de gué, avec les traces de godasses dans la boue. Un sens de traces le matin, un autre le soir, une fois il s'était débrouillé pour filer le premier et y marquer la première empreinte.

Suivant les quinzaines s'y inversait le stationnement, et cela le surprenait sans manquer, que dans cette rue sans maisons les gars parviennent à démêler le côté pair de l'impair. En tout cas ça ne loupait jamais. Non pas tant la fin de mois, puisque la paye, la carte orange, on la sait, mais plutôt le milieu, le quinze, qui l'attrapait, à tomber comme ça n'importe quand dans la semaine. Les voitures, qu'il retrouvait d'un jour l'autre garées dans le même ordre presque, celles des gars qui avaient embauché deux heures plus tôt, et toujours la dernière avant la boîte c'était une Peugeot blanche, il avait fini par repérer à qui, avec une réclame de boîte de nuit sur la Côte d'Azur en pare-soleil, juste en plein sous le panneau

STATIONNEMENT INTERDIT

SORTIE D'USINE

comme un défi. C'était le même type qui, aussi loin qu'il s'en rappelât, dès la sirène du soir galopait avant tout le monde pour barrer plus vite, ce moment où de chaque atelier tous sont massés au bord de la ligne jaune, sitôt le signal fonçait à toute pompe, blouse au vent c'était son truc son distinguo, le jeu était de ralentir on riait, chahutait. Et cela durait depuis le temps, oui, quand il était rentré dans cette boîte c'était déjà cela. Puis le portail. Avant l'heure ouvert en grand et si en retard fermé aux deux tiers, une porte sur rails, des tôles peintes en vert sombre. Et tous leurs pas y convergeaient, dans une odeur d'égoût à cause d'un truc chimique qui ressortait là précisément, l'usine d'en face qui leur balançait ça. Surtout les jours de froid, cette vapeur comme attiédie ou de laine brûlée, quelque chose de âcre et pourtant chaud. Arrivaient d'en face ceux dont la tire était garée sur le quai, et pas rare qu'il y attende tel ou tel de son service ou de connaissance. Il y avait la ligne du rail à franchir, un double trait de fonte polie, seuil bien délimité sous la loge à gauche des gardiens, les matons on les appelait. L'un assis au guichet, le chef debout derrière, ils étaient même souvent trois on remarquait surtout les dorures, galons de veste épaulettes et casquettes. Eux tous obligés d'ainsi chaque jour se laisser. Dévisager, sans recours.

Rares les semaines qu'il n'y avait pas là distribution de tracts, le syndicat ou bien si les gars les mêmes étaient restés devant la porte, le Parti. Parfois les gauchards, mais vraiment par exception. Chaque fois les copains du syndicat ça faisait quelques mains à serrer, bien sûr il les connaissait mais surtout ça lui plaisait d'ainsi s'afficher bien ouvertement devant les gardiens qui avaient toujours l'air ces jours-là de se trémousser un peu plus dans leur cagibi, comme l'air de causer trop haut ou de hausser les épaules. Non pas d'ailleurs qu'ils soient contre, mais plutôt jouer une indignation très professionnelle pour quand passaient les chefs, malgré la répétition des distributions où variait surtout le nombre des gars mobilisés. Qui lui donnait d'emblée une idée de l'importance du papier, l'appréciation presque barométrique du climat, voire une approximation du nombre des tracts balancés à terre dès l'entrée du hall ou serrés pliés bien en évidence sur l'établi, quand c'était celui sur les grilles de salaire où l'on donnait des chiffres. Et si lui arrivait dans les derniers, ou s'il pleuvait de trop, il ne restait plus qu'un gars, voûté replié, qui tendait le papier comme nerveusement, d'un geste délimité à la détente du coude. Il y avait la cour à traverser, la cour c'est vite dit puisqu'il n'y avait que trente mètres à faire et encore. À droite contre le mur le garage à vélos, et garées devant les voitures de service, des deux pattes camionnettes trois grises deux vertes, devant un grillage, un enclos avec au fond la baraque en préfabriqué du C.E., le comité d'entreprise. En face du portail la réception marchandises, un grand trou noir parce que les petits colis le vrac n'occupaient que la lisière du quai de chargement si commode pour les meetings, le plus gros de l'espace laissé aux métaux, tubes feuillards tôles ou rondins empilés qu'un pont roulant transbordait pour les engranger derrière par le travers d'un rideau souple de plaques de nylon, avant que débités ils commencent à circuler vers usinage soudure tôlerie, deux frères des costauds, des Africains avec des gants qui maniaient là pince et élingue, été comme hiver.

Les petits colis c'était pour un qu'on appelait Basile, un Guadeloupéen très grand posté sur son quai tout au long de l'embauche à regarder les autres passer, les mains sur les hanches, un gars qui traînait partout dans la tôle depuis le plus perdu des magasins jusqu'aux bureaux du premier étage avec son chariot même vide, parlant foot salut Basile. On entrait par une petite porte dans le mur de brique qui faisait tout le long du hall, avec devant la réserve des bouteilles, oxygène acétylène pour les chalumeaux, argon hélium plus azote en bonbonne, une porte à double battant de caoutchouc noir renforcé en bas, transparent en haut, jaunasse vaguement pour laisser passer les fenwicks, en général ils klaxonnaient, d'autres fois valait mieux se garer en vitesse, un surtout, qui y allait pas mal sur la picole, Attila, descendait jamais de son élévateur, que pour aller pisser, et encore. Lui en principe aurait dû transiter par le vestiaire, et c'est ce que la première année il avait fait, c'était le règlement intérieur affiché près de chaque pointeuse, et tous presque étaient bien obligés de prendre cet escalier de fer posé sur l'extérieur du mur, d'un raide pas possible, se grimpant l'équivalent de deux étages. C'était chouette sous la pluie les tôles noires ajourées des marches étroites on n'y montait pas deux de front, et sans palier, avec une rambarde tordue luisante. Pourtant bien six cents gars qui devaient se les fader au matin comme au soir. Cette impression, plaqué contre le mur. Et les graffiti qui avaient osé déborder le dedans pour venir se graver d'un couteau irrégulier et maladroit sur la brique salie de traînées noires, un surtout qui disait : ici sèche ta queue t'as plus que tes rêves, l'escalier s'arrêtait brusquement contre la porte étroite une vraie poterne en fer gris que le minium

22

écaillait de larges taches rouges, la poignée entourée d'un halo sombre, dégradé. Les vestiaires, quand on entrait, c'étaient des paquets d'armoires vertes, ce vert militaire, où chacun reprenait le bleu la blouse de la semaine, sa senteur de la veille sauf au lundi, relent aigre et mêlé de sueur qui anticipait sur l'huile des machines. Et les croquenots dont on touchait une paire l'an, au bout renforcé de ferraille, aux lacets en ficelle, que chacun extrayait du casier et jetait sur le ciment du bout des doigts.

Une humidité vague qui perlait là-dedans, et insistante sur le jaune des murs, la rangée de lavabos avec ce système de tuyau percé, on ouvre le robinet et cela se met à gicler symétriquement mais inégal jusqu'à l'autre bout de la cuve, puisque lavabo ce n'est pas pour eux de la céramique mais cette tôle incurvée d'où la peinture a disparu par plaques sous la rouille, avec des agrégats de savon durci dans les coins. Prendre dans la paume la pâte grise, sableuse, dans la boîte une seule pour tous et maculée, comme pour le distributeur de papier un seul pour les huit chiottes, planté sur l'extérieur de la porte, qu'on voie bien combien t'en prenais de feuilles des fois que. La première année il n'y avait pas causé à grand monde, l'anonymat des mouvements, le passage rapide, comme furtif, regardant droit devant soi, du pantalon au bleu, les silhouettes penchées en chaussettes, les vieux en slip blanchâtre largement échancré, un triangle pendant au gonflement visible, les plus jeunes sanglés dans une forme horizontale, élastique et colorée comme sur les pubs. Mais les remugles. Aucun dans sa rangée n'était de son atelier, le premier jour on lui avait refilé tout ensemble son carton, la boîte à clous rodée par trente-six mains, deux cadenas un pour la boîte l'autre pour le casier. Il s'en était dégotté un dont la serrure n'était pas trop esquintée, depuis le temps qu'il n'y allait plus elle devait être défoncée, il y avait laissé une vieille paire de pompes, le reliquat de journaux et de tracts de l'époque. Il pensait même y avoir oublié une lettre de sa mère, c'est ce qu'il aurait voulu récupérer il avait cherché en vain la clé perdue. Une chance qu'il ait pu s'arranger ce coin près de son poste, un clou à l'abri pour y accrocher les fringues au porte-manteau, une chaise pour la pause à midi. Il y en avait peu comme lui qui évitaient le vestiaire, qui pourtant l'auraient souhaité, passer au travers de la bousculade du soir, la queue où l'on se pressait en file devant la pendule. Et cette corvée le petit jaune, quand les verrières éclairaient à cru les gars à servir le ricard, les prétextes classiques des pots, anniversaire, nouvelle bagnole ou pari perdu, suffisaient chaque vendredi pour que les habitués s'y retrouvent ensuite chaque midi provision toujours faite et soutenue d'une raison argumentée qui menait bien d'une bouteille l'autre. Une planche en travers du lavabo et l'alignement disparate des verres, un bon ouvrier a toujours son verre avec soi refuser eût été une injure, lui mal à son aise d'y repenser maintenant sauf à dire que c'est chance qu'il ait pu là-bas s'arranger ce coin, c'étaient ses débuts dans la vie, peut-être aujourd'hui réagirait-il autrement sait-on, il avait bien lui aussi ses périodes, bière ou apéro l'attente plus douce.

Désavantage pourtant à ne pas transiter par le vestiaire, c'est ce crochet qu'il avait à faire inutilement, parce que le vestiaire on en descend vers l'atelier par le fond du hall juste sur la pointeuse. Alors au lieu de pouvoir filer directement à sa place il avait à se taper l'aller-retour pour rien jusqu'à leur pendule et le tableau des cartons, une qu'on aimait bien celle-là, pas trop dans le chemin des charrettes pour les arrangements les combines, et puis le soir aussitôt qu'elle avait passé cinq heures quatorze, un bon coup de latte dans les gencives elle n'attendait pas la minute pour donner le quinze salvateur. Ce qui était pénible n'était pas tant ce chemin, après tout c'était du temps payé, pour sa moitié du moins, et faire ça ou peigner la girafe, que le bruit, puisque le hall à traverser c'était l'atelier tôlerie, les chaudronniers avec leurs cisailles y coupaient du six-huit millis d'un seul claquement, plus les coups secs des presses ou ceux résonnants des marteaux, les types y bossaient avec des casques ou du coton comme une touffe blanche à dépasser des oreilles mais ça n'empêchait pas les vieux d'être bien tous plus qu'à moitié sourdingues. Et pas rare qu'un soudeur ait laissé son rideau ouvert, alors l'éclair violet de l'arc ou crépitante la gerbe jaune des éclats d'une meule, on marchait en tendant la main face aux yeux puisque le gus n'allait pas s'arrêter de gratter à chacun qui passait, eux bossaient en équipe, commençaient sur les six heures et pas de leur faute si.

Une fois sorti de là-dedans c'était plus peinard, on passait au câblage, moins de boucan. On sentait sur la figure la bouffée d'une bouche d'air chaud, une odeur de mazout collait à la peau, avant celle des plastiques neufs. Les gars plus relax, ils étaient dans les rares à pouvoir gratter assis, il les connaissait bien sûr, et les jours de retard ils ne risquaient pas de le louper, chacun y allait de sa petite vanne, histoire de ne pas manquer au rituel qui l'accompagnait alors tout au long de la travée, le genre panne d'oreiller et variantes. Cela faisait qu'une fois arrivé à son coin et posé sur sa chaise, avant de passer la blouse et de s'y mettre, c'était comme une étape, le réveil enfin ou le réveil seulement.

PREMIÈRE SEMAINE

PRENDRE SOIN

Le cri. D'où, plus loin, de l'autre côté de l'allée. Derrière, contre le mur, là-bas. Le tour, oui, le tour. Tous déjà avaient arrêté leurs mains. Le regard comme celui de tous qui ne portait plus que sur ce même point, déjà savait, voyait. Pas même d'interrogation. Un cri encore, plus long, feulant. Un cri ne trompe pas, malgré l'ivresse ici des bruits, de tous leurs cris. Feulant comme.

Il traversa. Un détour qu'il avait à faire par l'allée transverse, mais par-dessus les établis, à pas même dix mètres, il voyait. Le type couché presque sur le tour, une blouse bleue et des cheveux noirs. Il voyait. Le type couché presque sur le mandrin. Aucun cri plus, et déjà autour un groupe, des gars l'avaient rejoint, le touchaient. Le courant, il pensa le courant, arrêter la machine, mais ça y était. Ils avaient, puisque rien ne tournait plus. Cette impression du silence soudain, au rôt veule des compresseurs coupés, le décroît brusque des moteurs, les lumières là-haut éteintes, au lieu du jaune maintenant ces quelques veilleuses très pâles dans le jour.

La sirène, brutale. Deux déjà ont pris le type sous les épaules et le relèvent, la tête lui tombe sur le côté.

La bouche ouverte mais le visage, le visage intact. Comme très blanc, oui ce jeune, un intérim. Quatre mois qu'il est là, justement ils en avaient parlé la semaine passée puisque les intérims ne peuvent rester plus de trois mois, loi sur l'embauche, mais au bout du temps le chef du personnel les change d'office de patron, rien qu'un papier à signer et pour le gars un jour de congé payé sous table, puisqu'il faut trois jours d'interruption légale entre les contrats, dimanche compris, pratique courante. Un jeune aux cheveux noirs, pas lisses, bouffants plutôt, la limite du frisé. Jeune vraiment, et les cheveux mi-longs. Boîte d'intérim d'ailleurs dirigée par le beau-frère de. Lui le reconnaissait bien, le jeune, encore qu'en quatre mois ils n'aient pas fait connaissance, en quatre mois on ne peut pas connaître grand monde. Ils l'avaient dégagé, mais si lentement. Activité, mais comme ralentie. La sirène toujours, présence hurlante du cri par-delà son étouffement dans sa voix. Eux rapprochés à différentes distances, immobiles à tendre vers le groupe là-bas. La tête du type glissée sur le côté, bouche entrouverte, semblant ne rien voir. Dans les pommes, sans doute. Temps vidé, lui n'approchait pas plus. Quoi faire de mieux. Pas la peine de se marcher sur les pieds, se gêner. Un gars là-bas soutenait par le coude le bras, le type les yeux fermés, les paupières très marquées ou gonflées, un ovale large plus mauve sur le visage blême, et très grandes. Tenaient le coude à l'horizontale, reculant lentement, s'éloignant maintenant de la machine, retrouvant des gestes plus vifs, la course à nouveau bousculée du

30

temps. La tête roulant vers l'arrière, cou et menton remplaçant les yeux, la bouche à bâiller aux verrières là-haut, aspirant. Le bras qu'il voyait maintenant, ouvert comme. Comme si ni sang ni plaie. Comme, mais l'os et du rouge et. Puis la main à pendre, raide et blanche, comme à l'envers. Voir, seulement voir. Bousculé par les types de l'entretien, amenant le brancard. Il recula, s'appuyant contre un poteau derrière. La sirène décroissait, finissait de vomir son air miaulant. Le grave se dissipait dans un silence qui n'était plus que silencieux. Un silence comme on souffle. Maintenant il fallait, faudrait faire vite. Agir, oui, tous. Là-bas l'attroupement. Le bras à nu et l'afflux du sang. Le type à terre, les autres à son côté, posent un garrot. Secouristes, nécessaires, utiles. Des cours, tous les ans, volontaires. Lui aussi, il voudrait. Se redressent, tout très vite, laisser passer, se ranger. Devant lui le type rouvre les yeux, croisent. Reculer contre le poteau, ils foncent. Dans l'allée déjà leur marche glissée, de travers et pressée. Trois de l'entretien et un de l'atelier. Au bout déjà un autre attroupement, les portes tenues ouvertes et l'éclat du feu sur la brillance de l'ambulance blanche, derrière ouvert comme un ventre sous le clignotant violet. L'infirmière, qui se détache du groupe et vient sur l'avant, silhouette seulement, dans l'allée, au milieu. Organisés. Tant déjà. Tous, eux, se regardent. Ballants comme. Mais plus rien, un vide, autour de la machine. Ballants comme, un cercle, pas de sang, de la sciure qu'ils ont jetée déjà, rien à voir. La machine morte. Immobilité de tout, d'eux. Ailleurs pourtant les bruits se refont, s'ajoutent sans encore se rythmer. Première meule, moteurs, marteaux. Une vieille bécane, la machine. Amenée ici pour les en-cas, les retouches. On y faisait la bricole, voire la perruque. Déclassée de l'atelier d'usinage et amenée ici, chez eux les ajusteurs. Tous autour de la machine, un vide, un silence. Leur silence à eux, lourd déjà de mots, au milieu des bruits qui ont repris, sont à nouveau ceux du quotidien.

Leur arrivée. Ils ont mis le paquet. Sept huit ils étaient bien. Chef du personnel en tête, chef de l'hygiène et de la sécurité, directeur de production, chef d'atelier. Rejoints par le sous-directeur lui-même, en costume beige, les autres en gris, marrons variés, à croire que les costards ont comme les blouses leur hiérarchie des couleurs. Ils ont dû faire taire le contremaître, un grand sec un peu chauve, une maïs éteinte au bec, qui remue quand il parle. Trop de bonnes raisons, qu'il donnait déjà, avec de grands gestes. Un de ceux-là avec une cravate marquée du sigle de la maison, doré sur fond bleu. Et bougeant autour du groupe en rond des glabres, la blouse blanche très tendue, il bedonne, le chef d'atelier. Sa moustache fournie, brillante, cravate rayée. Criarde un peu, pas le bon goût des autres. Allez les gars, c'est fini. C'est pas la première fois. Allez les gars. Restez pas là comme ça.

Ils restaient.

Le matin était entamé déjà et sur sa tranche déjà dans ce suspens commençant de l'avant-repas, c'est-à-dire une fois la première heure faite, celle de mise en route, puis les deux suivantes qui sont un peu le plein de la journée, où se superposent l'énergie encore du début à l'engourdissement pas dissipé tout à fait de la pensée, cette charnière dans la durée du matin où se produit cet alentissement, une lourdeur sans que le signe en soit perceptible ni les allées-venues plus rares, ni diminuée cette tension circulante des bruits, passage du pont roulant sifflements grinçards des meules ou décharge d'air comprimé, marteaux sur le fer, cette terreur des bruits que ne peut étouffer leur habitude. Une lourdeur plutôt dans le geste les pas, ou plus fréquemment la pause, debout les mains les deux devant sur l'établi, soulager les reins, gagner un moment contre la raideur envahissante, cela donc à tout va, un matin ordinaire.

Si rares sont les jours qui s'en démarquent, de l'ordinaire. Oh sans même aller chercher ces jours qui parfois font date, ceux qui plus tard deviennent le jour où. Non, il y a quand même de ces jours qui sans violer la règle lui échappent, passent plus facilement, oubli provisoire de la routine mais insuffisants à la rompre et faire événement. Ces jours qui adviennent et heureusement, comme de temps à autre un dérapage dans la durée, une perturbation d'un quelque chose, comme aux premiers jours de froid où il faut en venir à arrêter de gratter pour que le tôlier mette en route ses chaudières, ou ce premier jour vraiment du printemps, l'irréversible enfin de la saison, le soleil par-dessus les verrières on sait qu'il est là, une bouffée d'air neuf dans les coins recoins du hall, ou ces veilles de vacances que corroborent les primes, l'enveloppe distribuée. Comme avant la grève cette tension où elle sourd, enfin ces jours pour n'importe quoi, une amorce d'inhabituel, le cadeau d'une panne de courant voire seulement la visite médicale, la radio.

Non, ce matin-là traînait comme traîne l'immense suite des jours qui valident et reconduisent leurs lieux communs : ça va comme un lundi et puis le mercredi en voilà un bon bout de fait, jeudi ça va mieux qu'hier et moins bien que demain jusqu'à vendredi ça ira mieux ce soir puis encore une de faite qu'est plus à faire ou merci d'être venu. Les jours qui filent sans particulier ni mémoire, où l'heure n'est plus tout à fait un temps et disparaît se voile dans la succession rigide des actes, leur enchaînement mécanisé, on sait qu'il est neuf heures parce qu'on revient de prendre le casse-croûte ou le café, puis ce moment plus tard de creux des onze, cette heure à la fois plus légère et plus lente parce qu'on écoute l'estomac battre la durée, que l'échelonnement des services commence à la cantine, on se retrouve à se laver les mains et ce n'est plus travailler, cette heure quasi invisible du midi, même si l'on ne s'éloigne pas du poste ni qu'on sorte à la lumière, jusqu'à la sirène de la reprise, les deux coups à cinq minutes d'intervalle. Ce moment des mains libres où les habitudes, même régnant sans partage, ne sont pas celles auxquelles veille le chef, journal cigarettes parler, ou les cartes, ou rien.

Surtout rien, l'attente ensemble de la reprise comme nonchalance affirmée, la paresse comme en drapeau dans la gloire du permis. Osant ainsi se dire le propre ici de l'homme accoudé le ventre en avant, lourd de la cuisine avalée trop vite, et si vite renvoyé après le bifteck du lundi les frites du mercredi le poisson du vendredi, sauf cette fois du Nouvel An où ils trouvaient dans leur assiette les hommes un cigare les femmes du chocolat, alors on prenait le temps avant de revenir face à l'entremêlement des machines, les outils la pendule, il faut bien s'y remettre, non pas un par un mais le poids de tous qui résiste tant que faire se peut jusqu'au regard du chef, aux bruits de l'autre équipe à côté qui déjà a repris. Alors un de ceux-là se décide, ça s'en va y aller dit-il on écrase sous le talon les mégots, un éventail où le groupe se dissout vers les établis les bécanes pour la course traînante de l'après-midi, et petite vitesse grand doucement la dernière heure s'enclenche, on saura bien la passer quitte à s'enfermer dans la mécanique des gestes, astuces de travaux légers réservés pour ce moment, bricolage rangement ou bien compter, se dire tant de pièces à sortir et ça y sera, le moment venu où l'on ne travaille plus guère, la dernière demi-heure, voire le vendredi un peu plus, quand n'osent plus intervenir les blouses grises qui se retranchent dans leurs paperasses. Sauf, et c'est souvent une fois la semaine au moins, passage dans les dix dernières minutes du chef d'atelier ou de l'encostumé quelconque dévoyé à cette fonction, le réveil alors du chef, eh les gars remuez-vous voilà machin, et pour ce passage de fin de journée se prépare et s'offre le numéro de ce théâtre rodé, un rituel de revue jusqu'à ce qu'une fois le type passé on simule dans son dos un garde-à-vous tout militaire, comme accepter de plier devant la hiérarchie qui passe, ne pas être pris à ne rien faire ou même en avoir l'air, la rallonge en dépend dit-on, ne rien laisser transparaître qui puisse être considéré comme mauvaise tête ou forte, sans rien pourtant concéder à la chefferie parce que n'importe comment on n'en fera pas plus, que dans quelques minutes le portail passé c'en sera fini du simulacre et de la courbette. Comme si de posséder ne leur suffisait pas, quelle prime il touchait le chef pour cette revue du paraître apprise depuis si long-temps, depuis l'école déjà, que cela s'est fait aussi naturel que de pointer pour être payé. C'en est pres-que un plaisir, qu'obéir parfois soit ce théâtre et seu-lement cela, ces gestes sans efforts qui ne sont que la caricature de ce qu'impose l'acier, afficher le souci d'un quelque chose en train pour la maison, puisque après tout elle paye encore. Et même si l'on n'a fait que ranger, nettoyer un peu, c'est comme en prolon-gement du travail même qu'à la sirène on se regroupe et que l'attente enfin se partage, jusqu'à la queue devant la pointeuse et vestiaire se laver les mains, qu'on parle de riens la journée passée, le boulot comme il est, les chefs et ce qu'on leur a voulu dire dans telle parole éprouvée tel geste.

Langage qui excède l'économie contrainte de ses mots, on n'aime pas ici les bavards même s'il en faut, des grandes gueules, pour ensemble se défendre, un par équipe en général, ils savent y faire à répartir les gars, ces phrases précises toujours les mêmes, que l'attitude et la contingence modulent dans toutes les nuances, alors il me fait, ouvrant à l'interprétation par un geste de l'épaule, un regard. Jeu qui n'est jamais ambigu, pousser jusqu'à la limite de l'affront ce qu'on veut dire parce qu'il faut le dire, mais sans déborder les limites du permis la porte est ouverte dans les deux sens, obéir sans se laisser marcher sur les pieds, faire parce qu'il le faut mais jamais parce que c'est un ordre. Un jour comme un autre donc, dont la durée pour chacun s'était faite variable, fonction de l'état d'âme, chaque jour différant pour chacun le comment avaler de cette durée pourtant répétée mais à laquelle l'âge ni l'habitude ne font rien et qui ne tient qu'à sa mécanique d'horloge de finir par s'accomplir à force de répétition, mais reste présente une fois liquidée révolue il y a demain dont déjà l'on parle, demain il fera jour, et la fatigue trop visible ou débordante sur la fixité du visage des autres, ne jamais tolérer les rides le bouffissement du sien les cernes mais.

Un jour donc qui n'en était qu'au matin de sa durée et dont il fallait bien s'accommoder, travaillant pour oublier l'écoulement du temps, puisque le travail même peut constituer la fuite immédiate de l'ennui, ce qui s'achève et disparaît de l'établi laisse un vide qu'une pièce brute est déjà là pour emplir, et dont le brut même laisse voir, irréalisé mais présent, son fini, et sans commandement ni hâte oblige à la tâche. La pensée se laisse enraciner comme à y glisser lentement, qui dit comme une voix et parfois jusqu'aux lèvres le filetage à chercher du taraud, ou bien quel tourne-à-gauche dans le tiroir ou la boîte. Et l'interjection presque muette à l'égratignure encore une, la coupe à peine visible sur le doigt noir mais y perle le sang, une goutte qui enfle épaisse, hésite à tomber comme une réticence à se salir, chercher un chiffon propre parle la voix, le plus propre, puis enlever entre les doigts trop épais, gourds, de l'autre main, l'esquille brillante enfoncée dans la peau, le train-train de ces gestes qui se font aussi bien tout seuls, savent leur métier, ne demandent à l'œil que de les suivre. Encore la main sait-elle parfois mieux que l'œil comparer une épaisseur au dixième près ou reconnaître à l'ongle le trois triangles d'un poli, l'ajustement exact d'un emboîtement à peine glissant H4g6 la voix répète H4g6 d'un palier, ou le cône d'un outil dans son mandrin sans que rien n'arc-boute, ne coince ou ne grippe, un palper, le métier oui sur le bout des doigts. Et laisse la pensée en répéter les phases comme pour seulement se divertir, à énoncer les actes successifs du faire avant de la laisser se dissoudre, perdue par l'automatisme des gestes.

Et s'enrober d'ennui, alors se rappeler les paroles de la veille au soir à dîner, convoquer les visages du dehors. Un seul, au plus souvent, revient, double la geste de l'outil d'une image qui n'a pas le droit de la troubler et s'y surimpose à la limite de ses traits. Ou bien reconnaître dans la lassitude du corps celle figée du travail de celle persistante encore et comme alanguie l'amour de la nuit. Comme éviter parfois de se salir une main c'est un jeu pour y retrouver sur le tard, le plus tard possible, l'odeur sous un ongle du plaisir. La pensée incessante et qui n'a pas le droit d'interrompre le métier des gestes réglés, positionner sur la machine la pièce, serrer les écrous : un tour de clé suivant les diagonales, puis un quart de tour encore partout, à bloquer. Lever la table, la main gauche sur le volant lourd, la droite sur la manette plus étroite de l'avance transverse, faire tangenter. Un crissement, une fumée vaguement bleue, un goût de graisse brûlée, l'acier blanchi brille par-delà sa peau oxydée. Reculer la table, régler sur le vernier la profondeur de passe on y voit mal, les divisions sales sous la lampe jaune, toute la journée, dont le bras vert articulé ne tient pas en place, enclencher l'automatisme. Puis ce temps où la machine fait seule, sauf d'un coup de pinceau enlever les copeaux s'enroulant en grappe autour de l'outil. Mais on a le temps d'un regard alentour, se redresser, étirer le dos, parfois s'appuyer sur l'armoire derrière, tirer une taffe à la gauloise posée sur le rebord du casier. On sait aux bruits de la bécane si la coupe est correcte ou s'il va falloir bientôt l'affûtage, les jambes sont lourdes, entendre et reconnaître quand la fraise se dégage, la vie alors interrompue comme une diapositive enlevée, débrayer à droite puis retour rapide, le même levier inversé à moins qu'on ne le fasse à la main, il y a le choix, en moulinant. Et deuxième passe, ne pas oublier sur le vernier de reprendre à rebours le jeu du pas de vis, vérifier au gabarit où l'on en est de la cote, pour repartir en avance auto. Ajuster mieux sur l'outil le flexible bavant son huile bleutée un peu chaude, merde plein la main essuyer, et l'autre qui au bout de six mois avait les paluches bouffées par l'huile on n'en a plus réentendu parler, où est-ce qu'ils ont bien pu le recaser ?

Ou bien viennent là-bas un dessineux plus un type du contrôle c'est une affaire de loupés, bien sûr faut que ça retombe sur le quidam en fin de piste qui n'y est pour rien, le chef il s'en fout il peut toujours gueuler en bas et lécher les bottes en haut ça y est voilà que ça s'engueule, le gars les mains appuyées sur son job, le chef avançant reculant comme attiré repoussé par l'immobilité de l'autre, ils sont mal tombés, celui-là c'en est pas un à dire deux mots au lieu d'un mais faut pas non plus venir lui en raconter, ce qu'il fait c'est bien fait et puis sûr que si le chef le prend trop à rebrousse-poil ce qu'il va lui sortir c'est qu'il en a vu d'autres, prendre son compte rendre sa caisse et trouver ailleurs il serait pas en peine, on sait tout cela déjà, sans attendre le rapport qu'on en aura tout à l'heure. Ou bien là-bas ce que lui et son pote ont l'air de regarder et que d'ici on ne voit pas, ça les fait pourtant bien se marrer. Cela sans paroles on ne s'entend pas à cinq mètres sauf à gueuler et puis on ira bien dans le cours de la matinée faire un tour aller pisser, voir Untel le temps de tirer un clope, justement ça fait un moment qu'on ne l'a pas vu, mais ces visites mieux vaut voir venir histoire d'y aller à l'économie, il y a les bons de travail, le bonus c'est pas qu'on soit pour, mais de là à avoir les moyens de, il y a une marge, puis parler finalement on s'en passe et ce n'est pas parce qu'on ne se dit pas grand-chose que tout

ne se sait pas qui se dit autrement, Untel qui siffle
son air étoile des neiges enfin le refrain, ou le chiffon
glissé dans la poche à, ou bien la brouille de... Geste
muette presque et circulante où tout fait temps, aide
à camoufler la durée, puisqu'elle déborde toujours,
et d'autant plus lourde qu'elle revient se déverser
depuis ce qu'on avait cru du temps passé, mais s'était
accumulée dans l'attente à venir. Et c'est parfois le jour
entier que s'impose ce désert du temps, surtout si le
boulot traverse une mauvaise passe, des trucs pas
marrants quelquefois qu'il faut se coltiner. Lui, par
exemple, le délégué, un mois qu'il est là à polir cette
série de loupés, deux dixièmes à reprendre à la toile
sur un bout d'arbre, une erreur de plans aux méthodes, sans savoir si en fin de compte et malgré la retou-
che ils ne vont pas tout ferrailler balancer aux rebuts.
Mais c'est ainsi pour chacun qu'il y a des jours avec
et des jours sans, un peu mal au crâne ou pas mais
rien ne passe, on regarde la pendule et pas même dix
minutes de filées depuis le dernier regard, quand on
a fait pourtant l'effort de ne se retourner qu'après
cela ou cela. Et d'autres jours qui ronronnent malgré
tout, puis la masse des entredeux, la traversée inégale
et lente avec au fond quand même ce rassurant du
temps, celui du sablier, son inéluctable imprononcé
qu'on n'ose à soi-même se dire parce qu'on sait bien
que cela ne la raccourcira pas, mais que ça finira bien
par finir, puisqu'il en est ainsi depuis si longtemps,
que soi-même on a si souvent répété cet ennui, qu'il
en est ainsi : c'est la fin de mois une durée qui mesure
le travail et détermine la paye il ne faut pas cracher

sur le bifteck, le cycle a son inertie qui fait s'engrener la semaine, si dure à avaler qu'elle soit. Et c'est l'usine elle-même qui au soir vous rejette, la vie est là comme à attendre, il y a des lumières, une musique au troquet où sur le chemin de la gare on prend un demi ensemble, puisqu'on se l'est enfoncée, la journée, et qu'il y a encore ces douze minutes avant le train.

Le nom de ces chariots, voyez-vous, c'est transpalette. La palette étant ce carré de planches, enfin ces deux carrés séparés par des tasseaux. On en trouve pour sûr dans toute industrie, c'est normalisé. Pour les expéditions, transbahutages des colis, conteneurs, cartons, du vrac même. Tenez, là, ce vérin : il vient direct d'Allemagne, de la sous-traitance, nous on n'a plus qu'à le poser. Ben voyez, mis tout bête sur la palette, un bout de nylon, ficelé par là-dessus avec du ruban métallique, et embarquez. L'intérêt du système c'est que, si lourd ou tarabusqué que ce soit, le fenwick il vous prend ça d'un coup, y a qu'à enfourcher entre les tasseaux, et ça s'empile tout seul, pour le stockage. Plus, si ça gêne dans un coin, en un rien de temps on le fourgue dans un autre. Il y a des rococos qui font comme ça le tour de la boîte une fois par an depuis des éternités.

Le transpalette, eh bien il sert à remorquer les palettes à la main chaque fois que ce serait pas la peine d'aller chercher le fenwick, ou bien qu'il n'ait pas la place de passer. Y a pas grand effort à faire pour se représenter la chose : la fourche, deux planches métalliques parallèles, une grosse fourchette si vous voulez, montée sur roulettes, dont une orientable en tête. Du métal nu, les roulettes, pas de caoutchouc. Six huit centimètres de diamètre, du quatre-vingt millis qu'on dirait nous, dans la mécanique, qu'on cause toujours en millimètres. Et par-devant la tige à tirer l'engin, le timon quoi. Inclinable, plus le système là de pédale : vous balancez à gauche et si on pompe, comme ça, ça fait cric, la fourche monte et soulève la palette à dix quinze centimètres. Jusqu'à la tonne, et tranquille, avec un petit renfort d'huile de coude, si je vois venir votre question. Et en retournant la pédale sur la droite l'engin se pose douceur concorde.

Engin donc bien commode dans toute l'industrie, enfin l'industrie courante, nous. La base même pourrait-on dire de toute manutention, l'équivalent ici du diable de votre épicier. Système de cadenas, bien sûr, parce que dans une boîte faut que tout ferme. Ici, le genre, c'est qu'il vaut mieux laisser traîner son portefeuille que son tournevis. Et si le gars qui vous emprunte le bazar pour bahuter à l'autre bout du hall il doit vous demander avant la permission et la clé du cadenas, il risque moins d'oublier que ça s'appelle revient. Et secondairement qu'un service en vaut un autre, si vous voyez ce que je veux dire. Le cadenas il vous bloque le timon à angle droit et plus moyen d'aller bien loin, sauf en rond. Inconvénient majeur, mais que voulez-vous, un engin si improductif, on ne peut pas le payer trop cher, c'est cette triste nudité des roulettes, ce bruit sur le ciment du fer, tout

43

le temps qu'il s'approche ou s'éloigne, avec ce paroxysme quand il défile juste sous votre nez, à trois mètres, et qu'on voit sur le sol les étincelles. Pas de suspension comme sur votre bagnole. C'est plus question de causer quand il y a l'engin qui passe. Une saturation, trop aiguë pour dire grondement, et quand même pas ce suraigu, le vrinhoum des meules, non. Un bruit plus blanc, c'est mille trépidations mêlées. Une saturation oui, mais doublée du malaise subjectif : un zinc, vous le voyez décoller, vous vous dites ça y est, il s'en va. Mais le zinzin, lui, pouvez être sûr que le gus qui passe en le remorquant, dans dix minutes le voilà qui repasse dans l'autre sens. Et puis boulot-boulot, on ne va pas trente quarante fois par jour se boucher les oreilles, imaginez un peu le tableau, que les cent vingt types et quelques qui marnent rien que dans cette allée en fassent autant, ça aurait l'air de quoi ?

Bon, il y a bien des normes, les soixante-quinze décibels, une belle rigolade. D'abord on ne va tout de même pas s'amuser à mesurer le bruit d'un engin qui n'a même pas de moteur, est-ce qu'on contrôle le bruit d'un marteau ? Et puis personne n'irait se trimballer avec le bazar quand la commission d'hygiène et sécurité fait sa tournée, une fois l'an, tout rangé nettoyé impec trois jours à l'avance. Remarquez bien que ce serait peut-être un coup à faire, un gars un peu gonflé. Mais on se marre trop rien qu'à les regarder, qui essayent de pas avoir l'air trop glands devant des bécanes qu'ils savent manifestement pas ce qu'on en sort et comment nous on s'en sert. Oh, pas que j'aie à dire sur eux. Le toubib de la boîte par exemple, rien à dire, sympa et tout. Mais c'est pas leur job, quoi. Et les délégués faut voir comme on les écoute. Des fois on rigole. Ils rouscaillent pour deux bouts de fil électrique à pendouiller, mais vous pouvez bosser avec du fluorhydrique sous votre nez parce qu'il n'y a qu'à l'acide que vous arrivez à décaper votre pièce, peuvent rien y voir. Comme ça.

Enfin. On n'est pas là pour causer de nos misères, mais du transpalette. Même si la technique, hein, c'est pas le plus intéressant forcément. C'est bon pour quand on fait visiter aux gamins des écoles, une fois l'an, ceux du C.E.T. Qu'il faut pas trop leur faire peur sur ce qui les attend, normal, ils auront bien le temps de s'y faire. Enfin technique ou pas, il en faut bien un peu pour causer de ce qui se passe ici. Le transpalette c'est bien quatre cinq fois la semaine que vous-même avez à vous en servir. Tout ce qui se porte et se transporte est sur palette. Et le moindre bout de ferraille, qui fait ses cinquante soixante kilos, si on avait à le porter à la main, hein ? Je sais bien, venant visiter une tôle d'un peu plus de mille bonshommes, peut-être vous vous seriez attendus à autre chose que le transpalette, je sais pas moi, de l'intrigue. Ben faut pas croire. Les histoires, elles restent à la porte. Et si on est là, ce serait quand même pour la croûte, faut pas l'oublier.

D'abord pourrait y avoir n'importe quoi dehors, ici on continuerait. Même en cas de guerre. Il nous font signer un papier spécial, quand on est embauché : mobilisé sur place. Des emmerdements, permettez-moi de vous dire, on en a bien chacun notre lot avec ce qui nous tombe dessus par ailleurs. Allez quand même pas me faire dire ce que j'ai pas dit, que les gars ne seraient là que pour la croûte. Bon, sur le tas, qu'il y en ait quelques-uns qui ne voient que la retraite au bout, je veux bien, mais c'est pas l'essentiel. Vous savez, faut de la patience, ici, une certaine patience.

Alors on s'y fait, on finit par s'y faire. On prend le rythme, ou on cherche autre chose. Ça ne se discute pas, ces trucs-là. Y en a qui feraient tout pour rester dehors, ils font chauffeur, n'importe. Moi, vous me mettriez pas dans un burlingue, poli et tout. Ah non, je tiendrais pas. On s'y fait, ou pas. Les histoires, ceux qu'en ont besoin, ils vont pas venir pointer tous les jours. On les connaît, les gars. Dès le premier jour on peut le dire : celui-là, il va pas rester longtemps. C'est souvent chez les jeunes. Même plus souvent qu'autrefois. Ils se rendent pas compte : il y a pas de drame ici. Enfin.

Une autre caractéristique du bazar, c'est son inertie. Parce qu'il doit bien peser ses cent deux cents kilos. Tranquille. Alors vous le mettez cul par-devant tête, trois mètres d'élan en patinette, et hop. Debout sur la fourche. Pas si facile que ça. Parce que le moindre coup de timon, ça empanne sec, ça a vite fait de vous fiche la gueule en l'air, et c'est pas du gazon pour vous recevoir. Quand c'est planté vaut mieux dégringoler en vitesse. Mais les as du truc attention. Certains ils ont dix ans d'entraînement, même les vieux ils le font. Oh ce plaisir du bruit comme un soleil.

Voilà ce que c'est qu'un transpalette. Bon, reste encore la couleur. Parce que ça change selon le service. À l'expédition ils ont le plus beau : un jaune, avec des bandes rouges et blanches. Mais ils le repeignent souvent, ils ont le temps pour, faut dire. Au câblage les verts, et rouges ceux du mago. Nous, c'est celui-là qu'est devant vous. Mais si on l'a peint comme ça en bleu, c'est parce que c'est celui des transfos qu'on a piqué un midi, en pétant le cadenas, suite à la disparition du nôtre, anciennement nôtre donc. Fallait donc bien le repeindre avant la mise en service officielle, pendant la quarantaine d'usage. Et le transpalette attention, il a ses servants agréés. Dans chaque service en principe vous avez un gus spécialement chargé de la manutention.

En principe, du moins. Parce que celui qui faisait ça chez nous, par exemple, il est barré en retraite, il y a deux ans maintenant. D'ailleurs il est revenu faire un tour, le bonhomme. Voilà combien, quatre cinq mois de ça. Un sacré coup de vieux qu'il avait pris. Pourtant, nous, on l'aurait cru rodé à la consomme. Il avait fait ses preuves, le père. Ben lui, il était plutôt content de voir qu'il n'avait pas été remplacé. Ce que dans sa pauvre tête il confondait un peu vite avec pas remplaçable. Plus de balayeur pour la moitié gauche du hall. D'accord il y a la machine qui passe faire les allées, chaque soir, et ils ont installé des poubelles, là, ce beau plastique gris-orange. Mais derrière les bécanes et entre les établis, que dalle. On n'a plus droit au nettoyage que pour les visites, deux ou trois fois l'an, des Chinois la dernière fois. Et nous c'est pas notre turbin, on ne va quand même pas officialiser en se jetant sur le balai. Bon, d'accord, on finit quand même par le prendre et en filer un coup. Mais c'est bien parce qu'on ne peut pas faire autrement. C'est nous qui y vivons, là-dedans. Si on laisse ça s'accumuler il y a vite fait d'en avoir par-dessus les godasses.

Le cambouis, c'est pire que gangrène. Sans parler des mégots, bouts de papier, de copeaux et de scotch qu'on traîne aux semelles, la sciure, les vieux chiffons. Encore que le chiffon, depuis qu'il faut un bon pour en sortir, on doit bien y aller à l'économie. Enfin le vieux père ça lui avait fait plaisir de s'apercevoir que son job était resté vacant. Comme s'il avait pu revenir un matin, se rouler son tabac et reprendre son balai sans rien de changé. Qu'on lui aurait gardé son petit turbin au frais, en souvenir. Qu'en plus de ça les gars lui ont fait la fête, ils lui disaient comme c'était devenu crade depuis sa quille. Le tôlier il a bien mijoté son affaire en douceur, ouais. Enfin je dis le tôlier, c'est pas que ce soit remonté jusqu'à lui, un petit truc pareil. Ça se serait plutôt arrêté niveau blouse blanche. Le boss il va au bureau du personnel, il dit j'ai Untel qu'est parti, il faut que vous m'en donniez un autre, on lui répond vous savez, compression de ceci, de cela. Mais là je crois quand même qu'ils ont joué fin. Parce que juste après que le vieux s'est tiré on a eu un intérim.

Deux mois qu'il est resté, une transition quoi. En se disant que la fonction comme ça, le balai sans ses

48

habitudes, sans la trogne au vieux père derrière à remonter sa gapette et vous taper d'un clope à chaque établi qu'il faisait, c'est tout comme la télé sans le son, pas vrai ? Le gars qu'ils ont mis à la place, c'était un immigré. Un Africain ils aiment bien prendre pour ces petits boulots-là. Tout comme c'est des Portugaises ou des Algériennes qu'on a pour les bureaux, des Italiens pour la peinture, et des Turcs ou des Yougos pour la maçonnerie. Ils s'y entendent, les marchands de viande. Enfin nous les filles qui viennent pour serpiller les burlingues on ne fait que les croiser, de cinq à huit elles viennent, un truc comme ça, payées trois heures pour leur journée, faut qu'elles aient dégagé pour quand le beau monde arrive.

Alors le pauvre gars, bien sûr, il causait pas de trop. Puis nous on n'a pas vu le coup venir. L'intérim un vendredi à quatre heures le chef lui a dit que c'était pas la peine qu'il se repointe le lundi matin, au revoir et merci t'avais l'air d'un brave gars, oublie pas de faire signer ton carton bonne chance. Et après ça la montée de la crasse on se fait à tout.

Pour ce qui est du transpalette par contre, ça ne nous avait pas trop fait de changement, parce que le vieux, ça faisait bail que tout ce qu'il faisait c'était d'en garder la clé et veiller au retour de l'engin. Lui, c'était plus bon pour ses reins, qu'il disait. Pour ça, valait mieux penser à s'en servir le matin que l'après-midi, parce que le bonhomme, vingt ans de boîte ça vous aide à connaître les coins tranquilles pour cuver. Je dis vingt ans, mais je crois bien que le bonhomme il avait eu sa médaille des vingt-cinq. En plus de la montre des quinze ans. Enfin il avait eu tout le temps qu'il lui fallait pour savoir mégoter ses combines et assurer ses arrières, garder cette prémonition qui vous fait être là dès que quelqu'un vous demande, ou un pépin quelconque, comme par hasard. Tous les bruits parlent, avec l'habitude. On sait tout de suite le moindre truc qui vous concerne. Le chef qui passe pas à son heure, ou plus pressé que d'habitude en vous serrant la main le matin, ou bien au bout de l'allée les gus qui regardent d'autres qui regardent, tout. Le tambour de brousse ça marche là-dedans, bien mieux que le téléphone.

Enfin le vieux il s'y entendait pour tout ça, un vrai baromètre à la place du tarin. Jamais emmerdé. Et pouvait y avoir le ricard servi à l'autre bout de la tôle, sûr que par hasard il passait justement dans le coin avec son verre en poche. Sans parler du vestiaire, il y était fourré la moitié du temps, il avait un casier rien que pour ranger la paillasse dont il se servait pour sa sieste, l'été, quand il lui fallait son roupillon. En plus, c'est lui qui emmenait chaque nouveau pour leur dégotter une armoire. Il connaissait comme ça tout et tout le monde, ça le plaçait. Invité d'office qu'il était, aux apéros. Et puis sa spécialité, c'était le cadenas. Tous, à chiffres, sûreté, tous. Vous perdiez votre clé, ou laissée à l'intérieur, ça arrive bien à n'importe qui de temps à autre, en trois minutes il vous l'avait ouvert avec un bout de lame de scie recourbé. Il en faisait des concours avec d'autres gars. Alors sûr qu'il devait bien mener en douce ses inspections, et vu que c'est bien rare que tout un chacun on n'ait pas ses petites bricoles en train, autant être en bons termes avec lui, histoire qu'il aille pas le crier sur les toits. Pour ça c'était un fameux vieux crabe.

Enfin il n'avait plus besoin de se servir du transpalette pour son usage personnel, comme d'autres qui font ça dès qu'ils ont besoin de s'expatrier cinq minutes. Faut dire que chez nous les chiottes sont systématiquement en face d'un bureau de contre-queue et ils ont scié le bas des portes, au mois d'août, soi-disant pour laver au jet, mais pour ça c'était pas besoin d'en enlever quarante centimères. Sûr que celui qui reste plus de dix minutes sur le trône à tirer son clope le cheffaillon le loupe pas. Qu'il lui demande à la sortie s'il est pas constipé de trop. S'agirait pas d'abuser. Mais avec le transpalette, là peinard, pouvez tranquille aller passer une petite demi-heure dans la cour, en faisant tous les grands tours. Personne s'aviserait de suivre. Là le bruit c'est un avantage, la réaction des blouses grises c'est plutôt l'éloignement. Le mieux, c'est avec dessus un bidon de cinquante litres, parce qu'alors, même si vous passez deux fois de suite au même endroit, on peut toujours supposer que vous avez été le remplir. Le bidon explique tout. À moins d'avoir un gros carton, c'est bon aussi. Et puis on sait y faire, donner l'impression d'être occupé, toujours. Pas soucieux, non, mais boulot-boulot, une idée en tête, quoi. La certitude du juste, les intérêts supérieurs de la maison. Oh, pas au point des types du commercial à la sortie du restau, mais un peu de ça, quand même. Ça aide à respirer. À ce qu'on vous fiche la paix, de temps en temps.

Au même titre les photos scotchées sur les établis, les machines, n'importe où ailleurs, au vestiaire comme dans les bureaux des chefs, voire officialisées sur les calendriers des fournisseurs il en paraissait même en relief, de l'art véritable, auraient pu s'interpréter comme affirmation de la possibilité quand même de chair lascive la leur ou de palmier leur rêve, un dehors de soleil malgré ce qu'ici on faisait d'eux les hommes, il fallait bien, ces femmes offertes à toute vue, les expliquer puisque réalité inarrachable et que les camarades eux-mêmes. Que s'exposaient sur chaque établi les pages déchirées de magazines, et maculées jaunies, culs généreux, on leur rajoutait au feutre rouge des bites contre la bouche ou entre les jambes, disproportionnées énormes, dégoulinantes, images charnues de leurs lèvres prêtes à sucer ou saine activité de vahinés dans les vagues tropicales, comme si chaque machine eût participé à ce concours des maisons fleuries qui occupait tant parmi eux les pères de famille payant sur vingt ans le pavillon.

Au même titre donc le jeu circulant, de machine à machine, de l'établi au vestiaire, de ces dialogues à voix de châtrés grande folle, ce parler de travesti les masques à tout moment pris, un ridicule cri de coq oh ne me touche pas ici devant tout le monde pour un geste le moindre, une main posée sur l'épaule, aurait pu s'interpréter comme affirmation quand même du corps, l'impossibilité qu'ils en taisent complètement la voix dans cet enfermement ici de l'homme avec d'autres hommes sous le ressassé du pointage à vie. Ce parler travesti avait son poids, n'était pas le futile d'une parole évaporée ici où l'on venait pour se louer, emmurés de l'interdit posé sur le toucher sauf la main.

La main serrée au matin, leur main rêche plutôt que calleuse ou sèche, raidie par l'outil, le contact froid et répété de l'acier. Ou boursouflée du durcissement ancien d'écorchures accumulées, une main qui n'avait droit de toucher que parce qu'enveloppée comme d'un gant de ce cuir impersonnel du travail. Main sans moiteur qui ne pouvait joindre qu'une autre main pareille, encore le serrement était-il soumis à un code précis, on n'est pas des tantes à se tenir ainsi la main comme en Orient ils font ou les femmes, et chacun sait bien ce qu'aurait signifié en se serrant la main une caresse discrète du doigt viens chérie on n'est pas de ceux-là.

La main si elle pouvait toucher c'est qu'elle était déjà autonome de s'être laissée modeler par le travail, à preuve de voir si fréquemment, enfin palper plutôt que voir, en creux dans le serrement, une phalange amputée, ou derrière les guichets des magasins, là-haut sous les combles, parmi les bancals à boquillonner, les gars relégués parce que c'est deux trois doigts qu'avait fauchés l'accident on disait quand même bonjour, on saisissait dans sa main le moignon de l'autre et serrer n'était plus le mot puisque le serrement n'est que le glissement l'un sur l'autre des doigts, à n'en tenir que deux c'était petit et raide et l'on était gêné de ne pas oser compter le manque, faire comme si de rien n'était mais sans non plus en avoir l'air, la main seule avec le visage dévêtue, engoncés tous dans la panoplie du bleu, raide propre au lundi avec l'odeur encore de lessive ou du javel, et flasque humide la sueur en fin de semaine, ou bien au vestiaire en se lavant.

Les mains puisque quoi d'autre qu'on y fasse au vestiaire, changer d'habits pantalon chaussures, se mouiller le visage puis devant la grande glace écaillée jaunie du lavabo, ou plus discrètement pliant les genoux face au petit miroir dans la porte du casier parfois c'était un rétro de bagnole, se peigner d'abord à traits longs puis par petits coups en faisant bouffer de la main libre lissant par-derrière, enfin installer la veste le blouson en soulevant les pans d'un coup sec et les laissant retomber dans un haussement asymétrique un peu des épaules pour l'aplomb, ce n'était que de se laver les mains dont on parlait et qui reprenait condensait l'entier de cette transition élaborée du travail à la vie d'homme.

Se lavant les mains ce contraste des bras très blancs, une peau amollie, les veines en fil de fer saillant, finissant dans la boule noueuse des mains, elles brunies, avec des traînées de savon pâte, à se frotter l'une l'autre pour se décrasser sous l'eau, en maillot ou les manches retroussées, il n'y avait pas, non, à interpréter ce déluge tout autour de l'obscène, on oublierait quelque chose. Il fallait même se garder de le décrire, puisque rassembler ainsi ce qui n'était après tout qu'un détail un décor, ainsi l'isoler le grossir distordait forcément. Et le jeu n'en valait pas la chandelle, rien de cela ne tirait à conséquence, un peu comme les plaisanteries grasses n'étaient là que pour permettre le rire nécessaire, mais qui sans leur prétexte aurait présenté le caractère même de la folie n'est-ce pas ? Il fallait pourtant en passer par ces images, ces jeux, ne pas effacer un tel aspect de leur paysage.

Ce leitmotiv de l'obscène, cette misère des vannes si fines toujours les mêmes, prouvaient voulaient prouver le mâle, cela signifiait autant que péter un coup ou roter haut devant le chef, encore un qu'ils auront pas disait-on ou mets-le en cage, le refus du beau langage poli édulcoré des messieurs était encore un tour où la marchandise les jouait, confortait par là encore ce qui aidait à les écraser pour circuler dans l'échange. Cela s'arrêtait aux mots, cette illusion de prise où ce parler les jouait, ma femme disaient-ils comme ma bagnole.

Et la starlette adjugée n'avait sans doute qu'à convoiter celui qui s'en était couronné, dans son dos mais bien sous l'œil du chef et des potes. Chacune de ces images en affichant leur pose provocante ou séductrice défiait quiconque d'empiéter sur les plates-bandes de celui qui, là face à sa presse, tendait des deux poignets les chaînes de sécurité le rivant à la bécane et enfonçait les boutons rouges le temps d'emboutir la tôle, un claquement bref où le tabouret tressautait, il n'y avait que le temps pour dégager la pièce sur le tapis roulant derrière pendant la remontée de la matrice, tandis que déjà le convoyeur approchait la suivante.

Comme vouloir proclamer par ces images leur résistance face à l'atelier, une insoumission comme celle qu'affichait l'élégance du copeau, qui s'enroulait en spirale et se détachait à intervalles réguliers, mais cela aussi se calculait, dans les traînées aux reflets gris mat où brillait en tournant l'acier sous le jet orange ou bleuté des huiles de coupe, rythmé des enclenchements précis des avances et retraits des outils jusqu'à cette retombée molle dans le bac. Prise entre les doigts, essuyée dans un coin de blouse, la pièce semblait s'ébrouer, affirmer qu'au contraire d'une blessure elle était demeurée le fer dans sa plénitude, n'avait été que bellement habillée des chanfreins, alésages, congés, et du trois triangles de son poli.

Ils ne parlaient travesti qu'en moquant, mais l'argot, les images dont ils s'entouraient ravalaient leur corps au consommable, il en était de leur désir comme de ces tableaux de gibier aligné ou panoplies de fusils découpés du Chasseur français, chiens à pointer ou braquer, et même quelques plumes en bouquet sur certains établis. Conflit perpétuel et raide comme leur raideur au matin depuis les reins, il fallait sur le corps gagner, le contraindre comme on faisait sous les mains de l'acier. Et les autres images, voitures de course, motards à la limite de la chute on distinguait sous le casque l'œil clair, footballeurs la jambe haute, l'effort masculin quand il vainc, prouvaient voulaient prouver sous l'ordre que celui qui ici s'inclinait n'avait rien d'une chiffe molle d'une lope, mais à cette parole qu'ils faisaient leur il n'était pas permis de nommer le corps ni le désir, et pour les forcer à comparaître afin de les neutraliser, ne plus être que force indistincte de travail, leur parole circulait par des détours, mimait le pervers pour conforter la norme. Le cocufiage ressassé, les gaudrioles, ne validaient que la loi générale des alliances jaunes sur les doigts noirs, un peu comme on n'aurait jamais parlé des viols qu'on lisait en gros titres sur les journaux à moins que vraiment ils ne puissent s'y reconnaître, bavure de flics ou plainte portée par des gouines on pouvait rire alors. Et malgré l'obscène brut crevant chaque lieu commun, depuis l'outil il gratte avec sa bite et son couteau celui-là, jusqu'à l'usine entière ce boxon, c'était comme une constante et muette tentative du corps de reparaître, sapée alors par les mots tout prêts, qu'est-ce t'as à me regarder de tes yeux de merlan frit, puisque le regard subit les mêmes lois que le toucher, habille le visage d'une même distance à la peau. L'œil se gantait comme la main, s'entourait du neutre des cernes, s'enfonçait sous des froncements rigides, l'âge plus tôt. Le port de tête était un dire comme leur nuque voûtée, la pliure à la fois tombante et déjetée des épaules, ou bien rejetées un rien vers l'arrière, le creux aux omoplates des chefs. Facile de savoir dans le train, au supermarché du samedi, si celui-ci dont cela se voyait qu'il était métallo, était chef, contremaître ou prolo rien qu'à ce semblant soucieux imbriqué sur le regard et la bouche. Des lois sans mots qui se tissaient entre eux pour établir et faire respecter comme aux lendits les distances imposées, comme une place à soi-même nécessaire, croire à un territoire comme à une chasse gardée inviolable sur le lieu de chacun son corps.

Comme si ces jeux de travesti, cette façade du porno prolongeaient l'ordre dont ils prétendaient se moquer, étaient chargés de la même indigence que la hiérarchie qui les matait. Comment, pourvu que sa misère se raconte, on acceptait de faire chacun de sa peine sa chienne, croire l'atténuer ou la supprimer parce qu'on s'en serait rendu le maître. Comme si l'ordre à exorciser nécessitait pour se le représenter un autre ordre semblable. Comment, parce que contraints d'accepter un chef, on s'érigeait tel, à la maison au volant à la danse, sur ce qui semblait rester à dominer. Et les hommes apprenaient cela longtemps avant l'usine, des histoires d'internat, de chambrée, chacun avait de quoi en dégoiser. Ceux qui de chaque côté venaient à la relation d'ordre et la constituaient en étaient traversés bien au-delà de l'obéir et du refus. Jamais le patron lorsqu'il descendait dans les ateliers n'aurait condescendu à donner un ordre à l'un des gars : la chaîne était bien plus complexe. Même si les plaisanteries couraient sans relâche sur sa fille qui restait à marier, le conte de fées. Il fallait cet escalier d'échelons où seul l'attribut les séparait tandis que la promotion possible les joignait, du costard à la blouse blanche cravate, du blanc au gris puis du gris au bleu, jusqu'aux mains seules à se salir.

La parole militante non plus n'y échappait, usant tout pareil de ce qu'elle savait des mots déjà dits. Qu'on proclamait valides, puisqu'on savait en réunion chacun y faire si bien coller son Saint-Vécu si personnel. Le besoin d'afficher était en tout cas le même, on se servait de badges ou du journal au même endroit où le voisin de boulot exposait ses posters de Lui. Tout comme les boxeurs bien en cuisses disaient le corps aussi vertement que les vahinés sous leurs tropiques trop radieux. Celui qui sur son établi plaquait l'autocollant Píf-gadget, sûr qu'il résistait par le Parti à la domination. Même s'il ne fallait pas sauter trop vite ce fossé qui séparait les deux registres, un air tout de même plus pur, militer. Peut-être aurait-il fallu se contenter d'une correspondance à l'impressionniste des images, ne pas s'autoriser à raconter le quand il n'y aura plus que ça à régler pour le socialisme qu'on lui avait rétorqué en cellule, quand il avait voulu parler du porno. Suivi d'un puisque nous on le sait et comment veux-tu que les gars comprennent.

Mais convaincre est infécond, et pour dénoncer leurs vannes racistes l'histoire de l'Arabe et de la brouette, ou les mots qui avaient remplacé celui d'arpette, point n'était besoin de les citer, il y avait un vrai risque du constat à rassembler et figer ce qui était dispersé, ce qui ne se disait, ne s'affichait, que faute de savoir autrement l'exprimer. Leurs murs, cette lie des images, ne les imprégnaient pas plus que le cambouis dans lequel ils étaient bien forcés de naviguer. Puis de tout ça ils ne faisaient qu'en rire, ensemble, quand se dévoilaient les dents irrégulières ou d'or parfois, face à l'acier qui se défend de leurs mains, gagne sur eux toujours puisque l'acier cela se fout de la durée, et que même en y croyant dur comme fer on n'y arrive pas, chacun parfois se lasse ou s'abandonne, et c'était cela la tâche de l'ordre, endiguer empêcher leur rapprochement, faire corps comme on dit, quand il fallait ensemble ahaner, oh hisse pour réussir ce qu'isolément ni mécaniquement n'aurait été possible.

Loi du plus fort, l'ordre, dont on se saisissait à force de temps parce qu'il fallait bien se défendre, écarter de soi, maintenir à distance la violence générale qui traversait la collectivité à l'image de cette violence faite à la matière sous les lois de la marchandise. Loi du plus fort dont on se saisissait parce que seul appui possible au maintien d'une part de vie privée du regard des autres, qu'on camouflait sous l'anonymat des paroles usées, alors saine fatigue ce matin t'as les yeux comme des couilles, va te chier répondait-on comme sauver ce qu'on sait au fond de soi n'être pas le commun de la vie de tous en se revendiquant de la normale, qui ici n'acquérait pas ce langage ne résistait pas longtemps, pouvait aller se rhabiller disaient les chefs, se faire enculer disaient les autres.

Il y aurait eu à en raconter sur ces gars vite expédiés, la rentabilité n'avait pas beau jeu devant le conforme pendant les trois mois de la période d'essai, et comment on s'y prenait tous ensemble et sans qu'aucun directement pas même le chef ne s'en mêle, les tours de main, les combines, les trucs du boulot qui ne se donnaient pas, les ratés loupés que le gars prenait sur la gueule, le surnom comme une claque, cela diffus dans le rang, les riens. Le jeu bouffonnant des dialogues à voix de châtrés était cette activité d'un ordre assimilé, intériorisé, et dès la veste dépouillée pour le bleu la blouse, c'est la civilité qu'on laissait au vestiaire comme au feu rouge pour une inattention une vitre à côté se baisse et passe une tête rougeaude qui crie eh pédé, la parole la plus ordinaire était traversée de cet abcès abêti, usé à la trame. Mais ces correspondances entre ordre et obscène, les décrire aurait été en fin de compte laisser beau jeu à l'ordre établi qui décèlerait toujours dans le dit le pas tout à fait vrai, le qui veut démontrer exagère, elles fuyaient sous les mots, multiplement présentes, mais aussi fragilement que ces pages enlevées aux magazines pesaient peu face aux tonnes de la machine qui s'en parait.

Alors aurait-il fallu se résoudre à simplement disperser tout cela dans le reste des récits, ou comme on poivre un plat les consteller, ces photos, leur piquant, puisque à mettre ainsi l'accent où transperçait l'aliénation cela chargeait trop ce qui les déterminait hors d'eux alors qu'encore ils y résistaient, étaient encore porteurs de la promesse d'un différent ? Il y avait là tout aussi bien des trésors de solidarité, d'émotion, jusque dans leurs images c'était encore vouloir être homme, malgré tout. Comme s'il fallait tout à la fois, au nom de la promesse de ce différent, ignorer la chape d'ancien qui l'enserrait dans la routine où tous consentaient à l'obscène, et tout à la fois s'interdire de dépêtrer ce différent promis de l'abject qui s'y mêlait, et liquider alors cette promesse puisque l'ancien se serait dissimulé à nouveau derrière les signes dévoilés et s'y conforterait, tout comme on se méfie moins d'un récif que l'on connaît. Mais à tout argument on pouvait en retourner un autre qui le déniait, tout pareil que l'on prenait le ricard ensemble, le chef et les gars, qu'on avait les mains propres en sortant du vestiaire, qu'un coup de salaud on savait y répondre, et d'abord pensaient-ils à cela lorsque le soir aux balcons des cités ils fument leur cigarette ?

... Il bouge toujours pas, le vieux... Y a pas à s'en faire, va. Je l'ai jamais vu passer longtemps sans y aller faire son tour...

Tous quatre à l'écart légèrement de l'allée, en retrait, couverts côté hall par les bécanes et leurs armoires de commandes, et de l'allée elle-même par les rangées d'établis, eux dans la travée du fond, mi-appuyés mi-assis, une occupation préparée comme il faut au cas où, pièce prise dans l'étau, grattoir et lime tout prêts sur un chiffon, parés donc à toute alerte. Le chef absent, un stage, quoi donc leur avait-il dit, analyse transactionnelle sans en savoir plus sur la chose, une fois l'an on leur en sortait, une nouvelle psychologie de la science relationnelle.

Eux quatre cela faisait la bonne demi-heure qu'ils parlaient, sans hâte ni importance particulière, sans éclat, ni vide soudain du plus rien à se dire, sauf instants d'une attente provisoire mais qu'on parta-geait comme une parole encore, quitte à la maintenir ou la ponctuer d'un c'est comme ça ou enfin tout ça. On parlait, et c'était simplement occuper le temps, enfermer l'attente ou la repousser par la durée même de paroles sans question, l'un puis l'autre racontait, on n'en demandait pas plus. Comme à puiser dans cette réserve de paroles déjà formées, le prêt à parler disponible et reconnaissable de tout un chacun, la mode en était au je vais te dire plus mimique et rien ne servait plus d'achever, on avait compris, ce qui avait été dit disait bien ce qui se voulait, se devait dire. Et si reste il y avait ce n'était plus qu'affaire d'interprétation, qu'on ne ferait que pour soi et ne donnerait pas lieu à contredire, ce n'était pas de la politique que l'on faisait. Non pas que l'on ait eu sur tout et par avance opinion, quiconque l'aurait dénié, mais on accueillait l'opinion de l'autre par une réserve avant, pour l'accepter et la faire sienne, d'aller chercher dans sa propre constellation des opinions existantes celle qui pourrait parrainer la nouvelle.

Dans leur dos la cloison vitrée du labo, que l'âge rendait peu translucide mais cela n'en convenait que mieux à leur discrétion nécessaire, d'autant que la crasse des carreaux n'empêchait nullement de distinguer le détail de la grande salle, l'alignement vert pâle des machines, on voit même les taches d'huile et les traces de paluche qui ont inscrit du doigt le mot *sale* sur la poussière. Machines autrefois plus complexes que celles du hall, prestige qui leur avait valu d'être ainsi encloisonnées, fétiches de la technique plutôt que fonction spécifique dévolue à ce qu'il est généralement convenu d'appeler laboratoire. Mais le même progrès avait comme à plaisir retourné la situation : des machines neuves avaient investi le hall, et rendu caducs par leurs commandes numériques les anciens systèmes de cames, pupitres compliqués aux énormes galvanomètres de bakélite, les armoires dont les câbles sortaient en fouillis de tous les orifices, aux portes gonflées de voyants rouges jaunes verts dont les étiquettes tombées ne signalaient plus l'indication. Alors le labo obsolète s'était enfermé derrière l'opacité grandissante de ses carreaux.

C'est depuis son extrémité qu'eux quatre voient l'entier de la grande salle rectangulaire. À l'autre bout c'est un genre d'atelier à part, quelques bécanes classiques, un tour une fraise, de quoi bricoler, meules perceuse, le désordre de bouts de ferraille, stocks de visserie, pièces à faire sur leurs palettes, le coin le plus vivant du labo, puisque deux gars y grattent en permanence.

Dont le Ravignani. Planté depuis une demi-plombe dans sa position habituelle de l'après-midi, et qu'eux biglaient depuis tout ce temps-là. Planté au beau milieu du passage entre les deux portes, celle du hall d'un côté, au travers de la cloison, et le petit hall câblage de l'autre, une porte elle aussi vitrée, dans le mur plein contre lequel s'alignaient les machines. Et matant ainsi le débouché de l'escalier, puisque côté atelier un plancher divise en deux la hauteur du labo, assombrissant le coin atelier où l'on ne travaille qu'aux lampes sous un plafond bas et noirci, et du gourbi coincé dans son étage artificiel une mansarde à part de l'agitation de l'usine, comme ces combines de rognures d'espace en ont enkysté çà et là, l'envers ou le négatif des vastes halls, ces magasins étriqués, ces annexes qu'on ne recense même plus, encombrées grillagées, connues seulement de leur préposé qui vieillissait avec elles et dont on attendait la retraite pour les démolir, ne justifiant plus leur usage que de leurs habitudes, ou de leur stock de ça peut servir.

Un burlingue là-haut qu'on ne pouvait réussir à chauffer l'hiver, où on étouffait l'été, mais coin peinard pour cuver lors des absences du chef, comme aujourd'hui où lui aussi est à ce stage, absences malheureusement de plus en plus rares à mesure que se ralentit la vie du labo et que le bonhomme passe là l'essentiel de ses heures, à perdre ses cheveux, serré dans sa blouse grise à compulser les paperasses des fournisseurs et bricoler pour son propre compte, puisqu'il dispose encore de la signature des bons de commande Extérieur, dans la marge étriquée de son budget alloué, et qu'il touche quand même sa bille il lit beaucoup les revues, puisqu'il faut bien s'occuper. Peinard aussi, après tout l'usine tourne aussi bien sans lui, il a fini par le comprendre. Et pourvu que son rapport mensuel puisse attribuer aux deux gars qui lui restent une affectation bien codifiée personne ne vient plus le déranger, passée la visite quotidienne, sur les neuf heures, de son hiérarchique à lui, on attend qu'il soit parti pour lancer la cafetière électrique, le directeur technique, un chauve à pellicules, la tête un peu tressautante d'un tic qu'il avait, la mouche on l'appelait, qui baguenaudait d'un coin l'autre, interpellait chacun tour à tour disant *allora* et partant avant la réponse il fallait lui courir après pour les trucs à signer. Rien moins que tâtillon, celui-ci. Cousin du patron lui-même il avait trouvé la bonne gâche, avait accédé directement à cette haute fonction après des Études Universitaires et un stage aux États-Unis, ce qui en fait le guide le plus qualifié certainement, en français comme en anglais, pour les visites de clients, des Chinois la dernière fois. Réside aussi dans le burlingue du labo, mais indépendamment de son activité, un dessinateur exilé, pour des causes, la Cause, que le bonhomme ne se prive pas de raconter souvent, syndicales et c'est tout, et qui depuis n'est pas trop chargé de boulot, s'ennuierait même positivement, sauf à bricoler du matos pour le labo photo qu'il s'est monté chez lui en construisant tout seul jusqu'à l'agrandisseur. Alors question bout de gras avec lui on est servi, mais ça passe encore le temps de l'entendre raconter son histoire : sûr qu'il s'emmerde à cent sous de l'heure, mais filer sa dém et prendre son compte il y en a pas loin à qui ça aurait fait bien trop plaisir et puis à son âge, qu'il n'avait même plus dix ans à tirer avant la quille, ç'aurait quand même été con.

Stratégiquement central donc, le Ravignani. Dans cette pose dont unanimement les gars admiraient et la possibilité de durée et l'oscillation lente, issue des chevilles, balancier raide et imposant qu'il sait entretenir comme à être sur le pont d'un navire, grand large il disait, droit dans sa blouse maculée aux poches, lui ce n'est pas chaque lundi qu'il en change, d'un bras replié se tenant le menton, et l'autre à l'horizontale participant à l'effort du premier en en soutenant le coude, l'œil fixant lointainement la porte, décelant avant n'importe qui d'autre l'annonce d'une blouse grise ou blanche.

Alors interrompait sans brusquerie ni hâte l'oscillation qui livrait son astuce et sa raison : aucune transition n'était perceptible entre le repos et la marche, le démarrage gommé, comme s'il eût été en route déjà, qu'il n'eût jamais fait que passer. Et invariablement, l'inertie de son ballant transférée dans le pas, les bras descendaient jusqu'avoir les mains tendues sur l'avant légèrement, au niveau des poches, sortait du labo côté hall, partait par l'allée, faisait le grand tour en revenant par le câblage, ce qui lui prenait dix bonnes minutes, suffisantes largement pour l'essentiel des passages hiérarchiques. Sinon il n'était pas en peine soit d'improviser un circuit supplémentaire, soit, au pire, de se rabattre sur une occupation genre travail, comme de se mettre à la perceuse et percer, il avait une tôle prévue pour, toute trouée déjà dans sa moitié supérieure, avec son nom marqué dessus à la craie : Ravignani, souligné.

Nul doute qu'avec ses cinquante kilos il était déjà bien atteint, à l'époque. Un des quatre, quand il passait par là et le trouvait planté comme sur un perchoir, grand large, l'attrapait par-derrière et, jambes à pendouiller, le tenant ferme par les coudes ou le fond du froc, lui faisait faire comme au manège le tour de l'atelier avant de le reposer à sa place. L'autre ne se débattait même plus, se contentant de bafouiller, mobilisant pour la circonstance ce qui lui restait de répertoire... Fais pas chier gamin... Attends un peu que je descende... Tu vas voir à la sortie... Eh gueule pas, Gnagna, faut bien que je te fasse prendre l'air, tu vas choper des rhumatismes à pas bouger comme ça... T'occupe, gamin, je risque plus de rouiller. Pis quand t'en auras fait comme moi...

Pas tant qu'il soit vieux, le débris. Plutôt qu'il faisait plus que son âge, délabré comme il l'était. Cinquante-deux balais, ils lurent sur le faire-part, le mois suivant. Une surprise, vraiment. Ils lui en auraient bien filé dix de plus. Le Ravi finissait présentement son clope, sa posture donnant là son deuxième pourquoi fondamental : la main droite, qui sinon s'accrochait au menton, supportait la tige allumée à dix centimètres des babines. Il avait, faut dire, un super-tic, le Ravi, qui lui avait bouffé la moitié des suceuses : à chaque mot presque il fallait qu'il s'avale la salive, d'un étirement sur la gauche. Si bien que tous, quand ils parlaient de lui, ne disaient plus que Ravifrchuictt. Le clope se consumait entre les doigts jaunis, se fumant tout seul. Comme si seulement cela, les volutes bleues s'étirant vers le haut, l'eût intéressé, manifestation ou preuve hautement suffisante de l'écoulement irréversible du temps. Encore que, depuis deux ans, il n'allait plus à la cantine et donc son tabac, avec les canettes, ça devait l'aider à se maintenir.

Parler, comme laisser se déplacer la réplique d'une bouche à l'autre, tisser d'un visage à l'autre l'assentiment du bien commun de la vie qui va, parce qu'il faut bien faire avec ce que l'on a. Parole valide parce qu'on l'a entendue déjà, a déjà contenu et porté des faits vérifiables parce qu'on était alors partie prenante, ou qu'une communauté prouvée d'intérêts en dépistait l'implicite. Non pas une parole en l'air, mais parole qui, venant de l'autre, sert à fonder parce que déjà dite, qu'ils en connaissaient la trame et le jeu, le bien compris appuyé par le geste et le regard, à bon entendeur salut. Et que l'anecdote livrée par l'autre, cette unique combinaison de l'événement, aurait pu lever tout pareil de sa vie à soi. Que parler devenait, puisque chacun pouvait à tout instant reprendre le récit d'un c'est comme moi, refuser ce qui dans sa vie à soi l'aurait rabaissée à l'anonymat de la vie commune. Parler était s'approprier chacun sa part de vie en lui conférant son visage propre : mon beau-père il, dimanche. Comme sauver son visage en reconnaissant celui que donne l'autre en parlant.

... Je te dis, ça fait au moins vingt minutes qu'il est planté... Va bien finir par aller faire son tour à la bibine... Sûr, sa petite mousse. Vu qu'il s'en ramène quatre tous les matins, faut bien qu'il se les lichtrogne, le Ravi c'est pas le genre à faire du stock... Ça va lui secouer les boyaux... Ouais, le vieux ça va lui faire un choc, cette fois...

... Il vous a jamais raconté sa vie, le Gnagna ? Ça vaut le jus, faut que je vous raconte ça... L'autre jour, la petite du tirage des plans, je la vois passer avec ses rouleaux de papier... Il y avait le Ravi, je lui dis : c'est plus pour toi, ça, Ravi, hein ? C'était sur les onze heures, il était pas encore complètement schlass. Il était venu me gauler une tige.. Trompe-toi pas, gamin, qu'il me fait... Faut pas me prendre pour ce que je suis pas... Faudrait p'têtre qu't'en fasses un peu plus avant que d'parler aux anciens... Oh Gnagna, j'lui fais, t'y arrives encore ? J'sais bien que l'alcool conserve, mais quand même.. Attends un peu, gamin, qu'il me dit... Alors le v'là qui sort son larfeuille et se met à me déballer tous ses fafs... Là-dedans la photo de sa bergère. Tenez-vous bien... à poil. À poil sur un pieu, le genre blonde teint, pas maigre... Hein, qu'il me dit, y a pas deux mois qu'elle a été prise... J'lui dis, c'est toi qu'as fait la photo, Ravi ? ... Tu parles que non, c't'un pote à elle... C'est une trapéziste. Quand on s'est connus elle jouait au cirque, tournées et tout le tralala... Même maintenant, qu'elle joue, j'lui demande... Tu parles, qu'il me fait, ça fait beau qu'elle a plus besoin de ça, tout de même... Et le voilà qui se met à causer, faut croire que c'est sa mélancolie qui le prenait. Enfin il se met à jacter comme jamais j'l'avais entendu jacter...

Paraît qu'autrefois il marnait comme un petit dieu... Si bien que vers la fin des années cinquante c'est lui qu'était le boss des essais, déplacements, tout le bazar... C'était le temps de la première commande aux Ruskofs. Il est parti là-bas, six mois, peut-être plus, chef de chantier. C'est en revenant qu'il en a eu marre. Le pognon, avec des trucs pareils, heures sup, primes de ceci, de cela, ça rentrait pas mal. Alors ce qu'il a fait, il s'est offert un troquet, en Bretagne, à Brest même. Il achète le trocson, et les premiers temps, c'est Bobonne qui le tenait. Lui il continuait là, histoire d'assurer les premières traites, et il y filait le dimanche. Bon, ça marche, il largue la boîte, fait ses adieux et sa valise... Mais voilà que, si j'ai bien compris, la bonne femme ça ne lui disait plus grand-chose qu'il rapplique, et qu'il soit pendu à ses basques vingt-quatre heures sur vingt-quatre. Tu vois... Et puis le rade, ça a tourné un temps, mais ça s'est vite calmé. Surtout avec un peu d'eau dans le gaz entre le patron et la patronne, la clientèle, c'était plus l'enthousiasme... En plus de ça, il n'y avait plus la tôle pour mettre le beurre dans les épinards. Puis le genre de trocson, moitié boxon, moitié whisky à cinquante balles... Comme il disait : tu vois gamin, c'est pas le mataf qui venait, les gars de la Nationale, oui, et du galon qu'on y voyait, oui gamin... Résultat, l'année d'après voilà mon Ravi qui repointait. Seulement il y en avait un autre à sa place, et qui ne tenait pas à la lâcher. Il a pas eu beaucoup de peine. Le Ravi, ça y était, il avait pris le pli. Même que faudrait voir si c'est pas sa panthère là-bas qui le soignait, histoire qu'il soit tranquille et elle aussi... En plus il était revenu en célibataire, alors les soirées à meubler, plus tout ce qu'il avait à raconter aux anciens potes... Il s'est mis à se pinter la gueule tous les soirs, et comme il faut... Puis là-bas tout à chat petit la dégringolade, ils ont fini de liquider le pognon et elle a rappliqué à Paname... De revendre le rade, ça leur a quand même fait de quoi se payer la baraque... Faut dire, à l'époque, c'était pas le même prix que maintenant... Ça veut dire que chez lui, depuis ce temps, tu vois l'ambiance...

Il me disait qu'il se lève à cinq heures, couper son bois, parce qu'il se chauffe au bois, c'est de la forêt encore, près de chez lui. Et puis de toute façon il peut pas dormir plus... Et qu'il boit sa petite bière, la meil-

leure il dit, la première, histoire de se mettre en train...
Vers les sept heures son pote passe le prendre en
bagnole, ils s'en vont au turbin, en se tapant un petit
demi au passage, chez Daniel, faut ça pour qu'il trem-
ble plus... Puis le soir il a sa bouteille dans la cuisine,
paraît que sa femme le sait pas... Il me dit qu'il mange
à peine, que le soir non plus il ne passe même pas à
table... Et le boulot, tu parles d'un enterrement de
première, dix ans qu'ils l'ont laissé à moisir. Son truc,
il y a dix ans, ça occupait encore son bonhomme,
mais question voie de garage... Et je lui demande : ta
femme, elle s'emmerde pas trop, dans la journée ?...
Tu parles, qu'il me dit, elle a la bagnole. Et hop, elle
se promène... Alors le soir elle se radine vers les dix
plombes, au plus tôt. Lui il est au pieu à neuf, sauf
si y a vraiment un truc chouette à la télé, un match...
Mais de toute façon c'est son heure, qu'il me disait,
y a pas, faut qu'j'dorme. Y en a qui sont du matin,
d'autres du soir, comme ça... Alors quand elle arrive,
lui il ronfle. Il pieute avec son chien, il m'a montré
les photos du clébard, aussi...

Tiens, vois-le-donc-le, il a balancé son mégot... Ça
va pas tarder à décoller... Il prenait son temps le Ravi,
en toutes choses. Une fois le mégot par terre il s'agit
de bien viser le point brillant, ne pas louper son coup.
L'écraser du pied gauche, et profiter de l'avance du
pied pour mettre le cap, direction le fond du labo, sa
réserve. Tout près d'où eux, les quatre, étaient à le
mater. Et que lui ne risquait pas de voir, d'un parce
qu'ils gaffaient à faire ça discret, deux et surtout pour
la profonde indifférence qu'avec le temps lui, Paul

Ravignani, avait acquise pour tout ce qui concernait l'activité du hall. Tout près du mur du fond, c'est dans le transfo d'une bécane qu'on ne mettait en route que pour les grandes occases qu'il planquait ses canettes. Après un regard circonvolutif et circonspect, force de l'habitude plutôt que nécessité, il sort sa bibine.

Le Ravi, il prenait vraiment son temps. Se remit en position, oscillant, un peu moins quand même, à cause de sa bouteille, qui méritait le respect. Posture habituelle, bras gauche replié à l'horizontale tenant le coude du droit qui tenait la boutanche... Tu crois qu'il la renifle ?... J'vais te dire un truc, j'sais même pas s'il arrive encore à renifler son goudron, t'as qu'à voir comme il laisse ses clopes se fumer tout seuls, ça doit être du blindé là-dedans... Tiens, regarde-donc, si ça le dégoûte... Ben quoi, c'est la première fois que vous le matez pomper sa bibine, le Gnagna ?... C'est de la pisse, qu'il boit... Quand même, il s'en apercevrait, il a pas dû prendre la bonne boutanche... Il avait pas à se tromper, c'est la dernière qui lui restait, à peine entamée, c'est celle-là qu'on a remplie... Tu crois pas qu'on devrait l'empêcher... Tu parles, il sent plus rien, je te dis... Avec la descente qu'il se paye, la dalle en pente raide... Tiens, t'as qu'à voir si ça lui a pas plu, il a déjà tout bu, cul sec... Bah, la prochaine lui changera le goût...

Ravi replaça la canette vide dans l'armoire, en referma la porte, s'essuya de la manche... Tira un clope de son paquet, se le mit au bec sans l'allumer. Revint à son point de départ, sa place stratégique à la croisée des portes, s'orienta face à la sortie. Alluma la gauloise et recommença d'osciller.

Bizarrement, c'est d'une embolie pulmonaire qu'on apprit qu'il avait clamsé, une bonne semaine plus tard. C'est un vendredi qu'on lui avait fait le coup. Il n'était pas venu le lundi suivant, mais ses absences étaient trop fréquentes pour en tirer une relation de cause à effet. On sut que la famille l'avait envoyé en désintoxication, la troisième qu'il faisait. C'est à l'hosto qu'il avait calanché, dans les formes donc. On le sut parce qu'au coup de téléphone envoyé pour excuser son absence le chef du personnel avait fait des remarques, parlé de mise à pied, d'épave. Intolérable, il avait dit. La secrétaire ça l'avait choquée, après tout c'est des choses qui ne regardent que les gens, c'est à cause de ça qu'elle avait voulu le répéter, à la cantine.

On fit comme pour tout le monde la quête, dans les ateliers, l'enveloppe qui passait de service en service, avec le nom dessus : Ravignani, souligné. Les quatre donnèrent un peu plus qu'à l'ordinaire. Normal, c'était leur pote. Même si on savait que de toute façon il avait une assurance-vie, à la poste. Ce serait pour la couronne. On se marrait bien, avec le Ravi.

DEUXIÈME SEMAINE

ON EST SOURDS. TOUS SOURDS. TOUS.

En riant, il bavait. Pas loin de la retraite, lui, par chance, et plus de dix ans qu'il était sourd, complètement. Alors le bruit, pour lui, pas pareil. Il n'en souffrait plus. Et n'en faisait qu'à peine, tapant d'une barre de ferraille sur son établi, l'air au-dessus de ça, histoire de faire comme les autres. Mais ce qu'il riait. Chauve qu'il était, et presque aussi complètement qu'il était sourd. Avec une moustache à l'ancienne, à la charlot. Deux touffes rasées verticales sous le nez. Et à longueur d'année une cravate verte, bouchonnée torve comme une ficelle sur sa chemise jaunasse à force de lavages. La salopette du bleu tendue sur le rond du ventre, une bedaine de maigre. Les premières années il portait un de ces appareils sous l'oreille, mais l'avait abandonné.

POUR ENTENDRE LES CONNERIES QUE LES GENS RACONTENT ÇA VAUT PAS LA PEINE.

Il s'exprimait de façon très compréhensible, d'autant plus qu'il préparait en général ce qu'il voulait dire, et le limitait à une phrase, détachant les syllabes, les hachant l'une après l'autre sans nuance aucune du ton. Sauf lorsqu'il se parlait à lui-même. Il s'en racontait, des affaires. Personne n'y avait jamais rien compris, il marmonnait à longueur de journée, accompagnant cela, depuis quelques années, peu à peu, de mines, puis de gestes. L'air de fulminer, d'être en colère après son interlocuteur absent, levant haut les sourcils. On racontait qu'une fois les gardiens l'avaient retrouvé, tard le soir, à câbler dans son coin, tout le monde parti depuis longtemps. Sa vraie passion, c'était les chats, il en avait paraît-il cinq ou six, vivant seul avec eux.

ÇA COMPREND TOUT BIEN MIEUX QUE LES HOMMES.

Et faisait le désespoir de ses chefs, puisque comprenant très bien s'il le voulait en lisant sur les lèvres, il lui suffisait de détourner comme évasivement le regard ou de se mettre à rouler une tige pour que l'autre sache qu'il ne servait plus à rien de l'entretenir.

TRENTE ANS DE MAISON JE L'AI CONNU BEAUCOUP IL EST PARTI EN JUIN LA RETRAITE TOUT CONTENT ÇA FAIT SIX MOIS MÊME PAS.

Lui réussissait sans trop de problèmes à l'entendre, malgré le bruit alentour. Le sourd, puisque c'est comme ça qu'on l'appelait : « le sourd », le lui gueulait dans l'oreille et, n'entendant pas lui-même ce qu'il disait, ne faisait jamais autrement que gueuler pour causer. On était dans cette semaine d'entre Noël et le Nouvel An, semaine traditionnellement plus relax, avec beaucoup d'absents. Remorqué sur le transpalette, c'était un vieux. Mais ce qu'il avait qui tranchait sur l'ordinaire des Passages, c'était ses fringues : costume gris clair et cravate vive sur chemise assortie, à motifs, pimpants et criards, enfin vraiment de mauvais goût pour quelqu'un qui s'en allait imminemment

78

partir sucer les pâquerettes par la racine. L'incongru d'un costume de fête dans une cérémonie. Avec un visage de même venue, malgré la mort qui devait remonter déjà à plus de vingt-quatre heures, et qui n'avait pas pris cette teinte si caractéristique, jaunasse, translucide un peu. Non, le livide ne perçait qu'au travers d'un rose apoplectique, et le moins de l'extravagance n'était pas en cela, cet air bon vivant qui persistait, le bedonnement rien moins que dégonflé. Un air d'ironie qu'il avait, ce macchabée-là, dans son bonheur poupin préservé par la congestion cérébrale. Assis à l'oblique, la tête tombant un peu vers l'avant, les yeux fixement opaques, plus ce bout de fil de fer entortillé qui lui retenait les mâchoires, une gueule d'œuf de Pâques. Et les pattes raides, pieds écartés de chaque côté du timon du transpalette, la charrette macabre qui l'emmenait au long des allées. Sortie cocasse. Le bruit d'ailleurs s'était chargé aussi d'une composante d'ironie, sans que le déferlement en soit en rien étouffé. Oui cela les rendait sourds vraiment, et il n'y avait plus qu'un sourd pour arriver là-dedans à se faire entendre.

TRENTE ANS DE MAISON ET CREVER À SON PREMIER REPAS DES ANCIENS REVENIR CREVER À L'USINE C'EST DRÔLE PLUTÔT.

CO-NARD lui répondit-il, en détachant les syllabes à la manière même du sourd qui riait encore, bavant de plus belle.

La règle était, pour tout le temps du Passage, une règle du bruit. Du grand bruit. Le Passage était par règle la fête extrême du bruit. Faire bruit de tout, faire son de tout ce qui pouvait faire son, avec pour seule condition d'amplifier jusqu'à l'extrême ce que recelait de bruit ce dont on l'en extrayait.

Bruit désordonné, des sons extorqués par le viol de l'usage, les choses disséquées par la distension extrême en elles des résonances. Comme règle : faire bruit sans règle, et la dissonance même n'aurait pu advenir deux fois consécutives, qu'on savait toujours briser en lui extorquant plus encore de dissonnement. Quitte à la destruction de la chose si l'on n'en tirait pas l'apothéose dans la douleur sursaturée qui excluait par sa surdité sifflante le bruit même, le lendemain on réparerait.

Tout : l'outil, l'acier, le cri, moteurs, air comprimé, tout ce qui ici était susceptible de manifestation bruyante, dans cette seule condition de libérer une sonorité qui ne soit pas en-deçà du bruit général mais atteigne l'intenable où cela commence vraiment à faire mal. Non pas un instrument de plus dans le tohu-bohu général, mais un bris du son même dont la règle n'était que de l'en faire jaillir à l'excès dans la provocation sans limite des choses.

Les choses : tout, ici où se mettaient en œuvre des puissances amplifiant la main de l'homme, faisait au choc réponse sonore, puissances qu'il suffisait d'exciter pour que la réponse outrepasse les possibilités audibles de l'homme qui en était pourtant l'origine et la cause, en fasse le catalyseur seulement de ce qui lui était devenu à lui-même insoutenable. Il n'y avait qu'à. Et frotter, forcer, battre, racler. On tapait et cognait, cela sifflait et craquait. Une barre de fer, un marteau, contre l'établi, le bâti de machine, le poteau de charpente, et quelque force encore humaine qui les jetât contre dans la luminosité violente du choc elles demeuraient, les choses, par-delà les résonances, identiques à elles-mêmes, bosselées peut-être, éraillées, tordues, mais intactes dans leur fonctionnalité, et provocantes dans leur puissance figée à plus bruit, pire encore.

Ce qui avait moteur tournait à la limite du possible, chauffant et haletant dans l'effort. On pressait les meules en force dans le vif du fer, jusqu'à évanouissement de la gerbe d'étincelles dans le rougissement où fluaient ensemble le fer et la meule, la destruction molle où l'abrasif fondait en lui-même. Ailleurs les outils de coupe, tours fraiseuses rabots, et même les rectifieuses, cela grinçait, charriait des sillons de labour dans la pièce accélérée ou au contraire ralentie, décentrée, enfin hors la normale de l'usage, un bruit du mal, et l'effort secouait les machines de soubresauts sourds comme de les arracher à leur bâti de fonte, des hoquets lamentables, et l'on n'aurait pas été surpris de voir se gondoler ou cloquer comme caoutchouc les dalles de béton du sol, tant c'était la structure même de l'usine qui semblait gueuler, crier sa folie de son dans le cauchemar des presses s'écrasant à vide, les gars retenus pourtant à l'acier par les courtes chaînes de sécurité, et rebondissant claquantes, bousculées de toute leur hauteur, les cisailles coinçant et gémissant sous les tôles trop épaisses qu'elles déchiraient, frittaient et tordaient, des suraigus sans fin.

Tous bruits qui sont potentiels à l'ordinaire, en échappent souvent, irrégulièrement, dans cette ponctuation incessante du sonore quotidien, déjà qualifié d'intenable malgré leur habitude forcée, mais dans l'ordinaire dispersés, rarement simultanés, et qui se ramassaient là pour déferler dans cette fête jaculatoire. Exulter à vomir ce vacarme, engouffrer le bruit en lui-même, en noyer la douleur dans son propre débord, c'étaient des crachements sauvages, crépitements accouchés par la transgression de l'outil, l'usine comme ventre à bruits, on s'en vengeait : les coups résonnaient jusqu'à la charpente, se prolongeaient là-haut de l'aigre tintement, plus clair, des verrières, dont il n'était pas rare que l'une s'écroulât et complète ainsi leur fête de sa vague fraîchement jaillissante, la gerbe des éclats dans le fracas au sol d'une vitre sur le ciment, dont mille bruits sonnaient les mille brisures ensemble.

Des gerbes et des trillements de coups, un trépignement de tout acier sous la transe de chaque outil. Un seul bruit dont l'unité était cet arbre infiniment douloureux se propageait au long du hall. Arbre de bruits, arbre grandi de la fête des bruits qui au fur et à mesure des Passages avait rejoint ce qui semblait l'inatteignable dans la chose même, leur souffrance, la déplaçant d'autant, un peu plus loin que l'imaginable. Les choses partout marquées de coups, torsions, fêlures, en chaque coin recoin de l'usine qui s'en réveillait chaque lendemain de fête vieillie, plus craquelante, craqueleuse sous sa morve de cambouis, écaillant la couche noirâtre des fumées grasses qui couvraient du sol aux verrières toute surface disponible, si l'on exceptait que tous les cinq ans les murs recevaient à l'été un badigeon neuf.

Et l'air comprimé, ce qu'on en sortait, transformé par l'étranglement du jet en serpent hurlant, quand on brisait entre ses mains le jet pour en extirper ce venimeux de l'air jaillissant, un sifflement tordu, strident mais épais, multiplié de chacune des bouches à air et dont le miaulement s'approfondissait du halètement sec des compresseurs qui ne fournissaient plus à la décharge. Et plutôt que de laisser se perdre les molécules d'air, les laisser lâchement se dépresser et se répandre au hasard dans leur seul sifflement, ces molécules accélérées par l'orifice étroit on les orientait tangentiellement à frotter l'angle d'une pièce de métal, brute flûte de Pan, l'aigu qui s'en déchirait semblait se creuser véritablement et dans sa stridence feulée oublier le bruit pour ne plus devenir que l'acier fait visible, son cri même, dans la vision épurée de ses angles à vif usinés.

Acier alors démesurément acier, ou acier qui n'était plus qu'à sa seule mesure, puisque ayant rejoint la brûlure de son apparence et, par-delà la blessure que lui avait infligée l'homme fondant, forgeant, taillant, usinant, apparaissait lors préservé dans sa nature brute. Du sein de la virulence enflammée de son bruit, dans le lieu même bâti pour le dompter, le vaincre par tous artifices, l'acier détruisait par la racine toute tentative visant à se l'accaparer, repoussait l'homme alors hypnotisé presque, dépossédé de la possibilité de mettre fin au hurlement, figé, les mains à tenir le feu de l'air contre l'angle nu du métal, oui dans l'impossibilité de rompre avec la cause d'une douleur qu'il était pourtant seul à produire. Le bruit emplissait comme éclairs et orage l'usine, comme de faire de ce lieu le temple offert au culte et à la puissance de l'acier, et du bruit sa mystique. Ou de la crasse, des nuages d'huile et de poussière noire généreusement livrés à l'atmosphère par les jets d'air la figure multiple, torturée, pourtant absente, du dieu.

Et à la fin du Passage, ce symbole si imposant dont on l'honorait, qui résumait pour eux toute la fête, cette charge métallique qu'on accrochait au pont roulant sous douze mètres de câble, machine désaffectée ou n'importe, vieille citerne, qu'on balançait par un mouvement de va-et-vient du pont, dont les moteurs grondaient, les électro-freins claquaient, klaxon hurlant en continu, et tel un moderne bélier on envoyait la charge dans le portail métallique qui barrait l'extrémité du hall, gong effroyable d'aigreur, gong sans résonance, un éraillement qui se prolongeait, s'entretenait sur lui-même, se divisait dans la superposition grinçante des tôles en vibration, n'en finissait pas de grincements, et les surprenait chaque fois de sa nouveauté pour les harmoniques étranges qui en émanaient, les bosses héritées de la dernière fête, celle du Passage précédent, quand le chariot sortait par la petite porte sur le côté du portail, son périple dans les ateliers achevé, et que commençait lentement la retombée du bruit.

Le bonhomme, sa casquette à la main, chassait d'autour de lui les papillons. Il était célèbre aussi pour ça, cette sorte de petits papillons blancs ou jaunes, minuscules et poisseux, qui semblaient l'accompagner où qu'il aille, et lui tissaient comme un voile lorsqu'il remorquait son transpalette tout au long des allées sous le bruit. Des bestioles qui n'étaient attirées que par lui, et qu'on ne voyait autre part qu'autour de lui. Il avait sa cabane au fond de l'enclos, derrière un grillage métallique solide. Une longue allée sur un ciment très sale, bordée de box en planches goudronnées. Puis, au fond, l'allée se resserrait entre des tas de bidons et de fûts jusqu'à sa cahute de tôle ondulée, très basse, dont il ne manquait jamais de boucler la porte au cadenas lorsqu'il la quittait. Le tout coincé entre le mur de briques du hall et le mur d'enceinte de l'usine, bien plus hauts chacun que la cahute et les tas qui la bordaient. Lui s'habillait par-dessus son bleu d'un vaste tablier de cuir, épais, qui lui couvrait du cou jusqu'au bas des jambes et se refermait à la taille. On ne l'avait jamais vu autrement. Faut bien, disait-il, pour mon boulot. Il n'était guère bavard, et très peu avaient à lui parler. D'ailleurs de la journée il s'éloignait rarement de son domaine, l'allée et la cahute. Il avait même ce privilège de pouvoir s'y asseoir à la porte, seul peut-être de toute la tôle à être toléré ne rien sembler faire, même un moment. Avec les heures que je fais, je peux bien, il dit. Son travail de toute façon s'accomplit très bien ainsi, sans besoin d'aucune aide. Avant qu'ils arrivent, ou tout le monde parti. Chargeant sur son transpalette les poubelles disposées un peu partout dans les ateliers, vieux bidons dont le couvercle avait été découpé au chalumeau, les entassant trois par trois sur le chariot et les ramenant à la benne devant son allée, alors les vidant et les triant, récupérant les chutes de fil électrique pour le cuivre, la visserie tombée et balayée, les bouteilles vides, puis le papier, les cartons à empiler et ficeler dans la cabane, le reste enfin pouvant partir aux ordures. Ou chargeant à la fourche les copeaux amassés dans les bacs sous les machines de l'usinage, et les répartissant par matières dans chacun des box cloisonnés le long de son allée. Les fûts eux servant à la récup des différentes huiles de vidange.

Oh, accessible, quand même, malgré sa réputation de grognon. Il n'aimait pas qu'on vienne l'emmerder dans son coin, ça sûr. Un vieux de la vieille, certes, mais rien de surnaturel. Et qui voulait bien se satisfaire des silences du bonhomme, n'essayait pas de lui tirer les vers du nez, lui payait à l'occasion le ricard, trouvait en lui un type comme un autre, malgré ce bougonnement qui ne condescendait que rarement à causer. Fallait qu'il soit en confiance. À condition de ne pas trop se formaliser du vide de la physionomie, brunie et ridée par la vie dehors, un peu bouffie, ni de cette odeur qu'il trimbalait, sous son tablier de cuir noir presque à force d'être graisseux, ni des papillons dont chaque minute il tentait de se débarrasser en enlevant sa casquette de toile bleue, couverte de taches d'huile, laissant voir alors son crâne découvert, ses cheveux gris, drus et rares.

Un midi il l'aperçut, qui avait amené sa chaise au soleil, devant le grillage, un torchon blanc sur ses genoux, bordé d'un liséré rouge, à se tailler au couteau des morceaux de haddock qu'il s'enfilait sur du pain.

— C'est là tout ce que tu manges, Thomas ?

— Tu le vois, mon gars... Tout comme tu vois qu'à manger de ça tous les jours j'm'en porte pas plus mal. Faut seulement que ce soit un peu arrosé. Veux-tu un verre ?

— Je dis pas non, Thomas...

— Goûte-z'y, je ne connais pas la marque, mais il est bon, le patron me soigne bien.

— Voilà donc combien d'années que t'es là, à ce travail ?

— Trop pour te le dire, mon gars. Tu sais bien qu'il y en a plus un seul ici à pouvoir dire qu'il y était avant moi... Ceux qui m'ont vu rentrer, ils sont partis maintenant, tous...

— Et c'est toujours toi qui les a remorqués, Thomas ?

— Toujours, depuis mes débuts ici. Comme avant moi c'était déjà l'occupation de mon père.

— Mais après toi, père Thomas ?

— Ça, mon gars, faudrait d'abord que je finisse. Mais les comme moi, vois-tu, c'est tout comme des oubliés. Ce serait pas de ces fichus papillons... Je suis ici, j'en sais pas plus, je peux donc pas en dire davantage. Et puis qui m'emmènerait, moi ?... Même le patron, je sais bien qu'une fois le Thomas fini, un coup de bulldozer, et voilà. Alors c'est ça que je sais, qu'il faut que je reste. Autrefois, il y avait au moins le respect. Un des plus respectés de toute la baraque, oui, et des plus aimés. Et maintenant tu me vois, là. Alors je me dis que je n'ai que ça à faire, durer. Que je resterai encore longtemps devant ma baraque, tenir mon petit boulot, et veiller pour être là au grand tour des gars, une fois que leur barque a quitté le port. Voilà, mon gars...

La mort n'est pas une petite affaire. Alors, même si on savait, si on savait un peu, on n'osait pas trop aller y voir. On savait, on avait vu, qu'avant l'allée il avait traversé le hall des transfos. Là, les gars racontaient qu'il avait passé par le monte-charge, qu'il descendait des magasins à l'étage. On attendait d'avoir à aller au mago pour les interroger, et eux disaient qu'il avait paru par la porte, cette étroite porte métallique et grise qui donne sur le fond du bureau d'études. Les dessineux, au hasard des rencontres, à la cantine par exemple, contaient qu'il suivait le milieu de la salle, qu'il y avait juste la place pour le macchab, et qu'on retrouvait toujours ensuite quelques papillons dans les recoins. Qu'il traversait la longue salle, au milieu des quatre rangées de tables alors toutes dressées à la verticale, en rideau, tranchant à contre-jour la lumière tandis qu'eux tous claquaient leurs règles ou pantographes à plat sur les planches, et que faute d'acier ils amenaient à son paroxysme cette battue de jungle par la danse tressautante, sous eux, de leurs tabourets.

Il venait, disait-on, de la cour, et avait passé sous les fenêtres de la direction, où jamais lui-même ne manquait d'apparaître, dans un recueillement grave, immobile et simple, très droit derrière la vitre fumée, entre les courtines claires, où son visage faisait jaune et son costume un trait sec et sombre, et l'on ne distinguait qu'à peine derrière lui l'ombre silencieuse de son fondé de pouvoir. Selon la tradition il laissait fluer un son nasal très aigu, la bouche fermée presque, narines pincées, un son aigre, asiate, mais qui portait facilement, quelque ténue qu'en soit la modulation, et traversait la vitre épaisse pour ressortir très distinctement sur, ou malgré, la vibration du transpalette sur le bitume de la cour.

Aux autres fenêtres de l'administration, de devoir paraître dans le même temps que Lui les obligeait bien sûr à beaucoup de réserve. Privés du bruit, eux seuls dans l'usine. Et ce n'était pas la moindre des contreparties aux avantages indéniables que leur conférait la tâche qu'ils avaient à accomplir. Oh, ils participaient, quand même, mais d'une sorte de bourdon bas, seulement. On les voyait debout derrière leurs fenêtres, les chefs de bureau tout contre la vitre puis en pyramide par responsabilité décroissante, les femmes au fond, contre le mur presque et parfois, ce qui était toléré, se tenant la main.

Une fenêtre à part c'est celle du caissier, grillagée, un réduit à vrai dire, sans autre communication que le guichet avec système de tiroir coulissant pour passer les acomptes, la monnaie. Une fois, il y a bien longtemps mais cela se racontait encore, le caissier d'alors avait craqué, jeta soudain une pluie de pièces contre la vitre close, et prolongea leur tintement désordonné d'un rire hystérique disait-on, qui s'était entendu de si loin qu'on avait cru, un bref moment, qu'il y avait eu farce et que le mort lui-même avait ri. Bien sûr, personne ne l'en avait réprimandé, le patron lui-même n'avait fait aucune allusion en faisant quelques jours plus tard son tour des bureaux, serrant les mains. Mais peu de temps après c'est bien le caissier qui passait sur le chariot, tiré par le vieux Thomas et son cortège de papillons, et c'est son ancien assistant qui derrière les barreaux de la fenêtre avait salué de toute la rigueur nécessaire de sa nouvelle investiture le départ de son chef. On ne plaisantait pas avec l'affaire, et le récit qu'on transmettait de cette histoire pas si vieille en était bien la preuve.

Avant la cour où il longeait ainsi les bureaux, ce n'était un secret pour personne qu'il venait de l'infirmerie où semblait-il on lui accordait une sorte de visa, l'équivalent pour l'usine et ses règles du permis d'inhumer civil. Le docteur, un barbu entre deux âges, lunettes rondes et cheveux ébouriffés, mêlés d'argent terne, le stéthoscope en bataille, que tous connaissaient bien pour se faire chaque année visiter faites-vous du sport il faudrait, les yeux rougis par la circonstance, sortait jusqu'au seuil de son local et donnait l'accolade au vieux Thomas avant qu'il n'entreprenne, voûté dans son tablier de cuir, à pas lents, le périple bruyant, transpalette en remorque chargé de l'oblong livide de sa charge.

Mais avant l'infirmerie, ceux des équipes racontaient que c'est de sa cahute, là-bas, au fond de l'allée dépotoir, qu'il sortait son client. Et qui tentait d'aller y voir, essayant de profiter d'une absence du vieux, s'en trouvait empêché par le rideau de fer rouillé, à mailles larges mais solides, la porte cadenassée. On pouvait s'y agripper des deux mains, s'écraser le nez contre le grillage, rien ne permettait de distinguer une autre issue. Le mur, longé du dehors, était lisse. C'était donc bien de sa cabane qu'il démarrait le périple. Mais comment son client en arrivait là, aux rebuts, rien ni personne ne l'avaient jamais expliqué. Y jeter un œil en présence du vieux, on pouvait toujours essayer. D'ailleurs que savait-il lui-même, hors le précis des gestes rituels que lui imposait le Passage ?

Quant à savoir où il allait, après le gong de l'immense portail du grand hall, facile. Il n'y avait plus là que le service expédition, et qui leur posait la question : qu'en fait-on ? Ils répondaient : on le met dans un carton. Où l'envoie-t-on ? On le rend, à ses parents.

La scène se répétait sept ou neuf fois l'année. Parfois plus, avec des vagues. Le vieillissement d'eux tous compensait bien les acquis en temps et peine de travail, on mourait bien. La tendance aurait même été à un accroissement. Il était quand même apparu que certains, là-haut, en voulaient à la cérémonie. Bien sûr, personne ne l'aurait officiellement dit. Mais on savait qu'ils en déploraient les coûts, deux heures de boulot au minimum paumées pour chaque gars, plus les réparations. Sûr que là-haut ils auraient préféré changer de mode, quitte à perdre un peu de la tradition. Leur combine, c'était de rationaliser tout, autant que possible. Les lumières, l'ergonomie. Automatismes, hygiène. Un gars un peu malade, repos, la retraite quand ils voulaient. On s'arrangeait : tout pour qu'ils ne crèvent pas ici.

Il était de tradition qu'on meure plus en février, bien que ce ne fussent jamais ceux qu'on aurait cru pouvoir désigner qui en soient les partants. Parfois on avait vu jusqu'à deux ou trois passages le même mois. Deux la même semaine, une fois. Mais alors rien les deux mois suivants, faut dire. Que personne d'ailleurs ne se serait risqué à prévoir. Un coup à ce que ça vous retombe sur la figure. Encore que chacun pour soi on s'en faisait bien les pronostics, les moments d'ennui, histoire de rêver le prochain Bruit, imprévu qui faisait parti de la tradition, entretenu par elle. Un silence tacite entre eux tous pour tout ce qui concernait les Passages, qu'on savait respecter, et même faire respecter. Sûr que passé les murs personne n'en aurait entendu parler, ne serait-ce même que de quelque chose d'approchant. Et qui obligeait, pour en savoir le peu que chacun savait, à en faire soi-même la recherche et l'apprentissage, mener enquête. Ce qui était facile, il n'y a pas de mystère possible dans la vie d'usine, la précision technologique des locaux, mais pas tant que ça, puisque chacun devait être à sa place, bien à sa place lors des Passages. Donc enquête par un jeu de questions réponses déjà prêtes. Jeu initiatique presque, l'Usinage on disait, avec ses farces consacrées, leur finesse rien moins qu'évidente. Chaque nouveau y passait. On savait y faire, quitte à être pris pour plus bête qu'on ne l'était, disant par exemple que si l'on n'avait pas cherché les pourquoi de l'affaire, son historique, eh bien c'est simplement que la question ne vous en était pas venue à l'esprit. Les choses sont ainsi, telles qu'elles sont, comme ça, la tradition, quoi. Qu'y avait-il donc d'extraordinaire ? Lui le nouveau était bien le premier à s'en étonner et vouloir en savoir plus. Qu'il aille donc demander au père Thomas, il verrait comme il serait reçu. Que tout ça c'était pourtant bien la moindre des politesses à rendre au brave gars qui avait tant trimé et donnait le dernier adieu à ses potes.

Un soubassement qui doublait la tradition, l'entretenait ainsi presque malgré elle. On disait que ça présentait plein d'avantages, obligeant le nouveau à s'intéresser un peu plus loin que son atelier ou sa table de cantine, visiter un peu la tôle, apprendre la solidarité. On se doutait, on savait en partie, mais quant au reste. Et ce qu'on avait su, à force de temps, était recouvert de l'on-dit, il en traînait des histoires, sur le père Thomas. Le jeu avait fait oublier le sérieux du rituel, finalement l'habitude pesait pour l'essentiel. Dans le civil, la mort avait bien des rites tout aussi abstrus : alors pourquoi pas ici, pour le pauvre gars qui clamsait sur place ?

Et puis les occasions si rares de briser la routine, trop heureux ce prétexte de fête, pour ne pas trop chercher les dessous de ce qui était si simple et beau, cet hommage. Peut-être, quand même, y avait-il un revirement certain avec l'âge. À l'exception près, les anciens cultivaient avec un sérieux tout religieux ce qui touchait à la chose, on le voyait bien à leur manière appliquée, studieuse, de faire le Bruit. Ils ne frondaient plus avec l'affaire.

Les jeunes, nouveaux ou pas, il n'en allait bien sûr pas de même. Ils n'acceptaient pas. Plus de notre temps ils disaient. Et tançaient les aînés de tolérer cette exhibition. Alors d'arriver à les lancer dans le jeu, au nom même, s'il le fallait, de leur refus, en constituait bien le meilleur exutoire. Il s'y fera disait-on, on est passé par là avant lui. Avec quelques-uns cela ne suffisait pas, ceux qui, d'emblée, lançaient des grands mots, appris avant, sans rien connaître. Il y en a même un qui un jour avait placardé une affiche : héritage de la barbarie, avait-il trouvé. Celui-là on s'était arrangé pour qu'il ne reste pas trop longtemps dans la boutique.

C'est aussi vers cette époque-là qu'un groupe de gars avait essayé de s'en prendre au bonhomme, liquider sa cabane, dans l'allée du fond. Il y avait eu l'intervention des gardiens, du baston. Mais, sauf cette fois justement, tout se calmait assez vite, soit le plaisir pris à la fête, soit de se lasser des questions, on ne voulait pas être pris pour plus naïf qu'on était, on faisait semblant, on banalisait. Soit, plus simplement, parce qu'un autre nouveau arrivait avec les mêmes questions qu'on avait quelques mois plus tôt posées et qu'histoire de se montrer moins nouveau que lui, se mettre définitivement au niveau des compagnons, on lui refilait les réponses qu'on vous avait déjà faites.

Il y avait même pire ailleurs, paraît-il, où les traditions d'usinage et les cérémoniaux étaient encore plus affinés, et que ce n'étaient pas forcément des prolos qui s'y laissaient prendre. Bien sûr, il y en avait toujours des qui résistaient quand même, faisaient leur tête, parfois rejetant tout en bloc, jusqu'au plaisir. Mais pas si facile. Parce que par exemple, puisqu'on ne pouvait prévoir les dates des Passages, on était bien forcés d'être là. La direction avait fini par mettre à la disposition des antis un petit local, dans un endroit écarté du périple. Mais ç'aurait été vraiment vouloir faire bande à part, et finalement jouer à nouveau le jeu du patron en se laissant isoler des camarades.

Et la meilleure des résistances, au bout du compte, même pour qui se refusait à cette simagrée peu orthodoxe, le défilement du cadavre, pour qui méprisait ce jeu du mausolée, était bien de faire encore plus de bruit que les autres, quitte à en rire ouvertement, ne serait-ce que pour se maintenir dans le délire agressif des bruits tout au long du Passage.

À preuve, disaient-ils, qu'un coup de marteau donné juste dans votre dos fait bien plus mal que le même coup mais que vous donnez vous, même s'il résonne de façon plus perçante encore.

Sans doute, au-delà de ce que chacun pouvait, finissait par savoir de la chaîne cérémoniale et consacrée du périple, il fallait bien que quelques initiés en sachent plus. Le toubib par exemple, au-delà de la réserve à laquelle il disait être tenu par l'obligation professionnelle, n'étant pas vraiment de la Maison. Le patron surtout devait en savoir beaucoup, voire était le détenteur de la règle. Mais cela n'était pas non plus certain. Peut-être une de ces lois énonçait-elle que le patron n'en pouvait lui-même être le détenteur. Et que, peut-être, dans cet alignement des bureaux anonymes du premier étage, parmi ces cadres glabres et ventripotents qu'on n'avait jamais vu traverser les ateliers, dont personne en bas ne connaissait les attributions, auxquels peut-être personne sauf le patron n'avait jamais eu à parler, l'un d'entre eux était-il dévolu à la perpétuation du bon usage et de la règle. En savoir plus, comment, quand une des conditions d'accès à l'entourage immédiat du patron, son cénacle habituel, était justement de ne jamais se risquer à en demander plus qu'on ne vous en disait.

Lui dont l'apparition, droit et pâleur respectueuse, coïncidait toujours si exactement avec le Passage sans que rien pourtant dans les apparences ne l'eût annoncé, puisque le bruit dans la cour du transpalette au père Thomas ne se différenciait en rien de celui des dizaines de traversées quotidiennes des transpalettes ordinaires, et que nul bruit de la fête n'avait encore jailli, puisque lui seul l'inaugurait par son nasillement. Son apparition ponctuelle et ordonnée, quel que fût le quidam remorqué, eût-il été le pire des syndicalistes. Et cela malgré les occupations multiples qu'on lui connaissait, ses rendez-vous innombrables grâce auxquels la Maison pouvait être ce qu'elle était, lui dont la politesse courtoise mais ferme déployait sans limite sa complexité diplomate dans les relations avec les clients, réputé qu'il était de ne jamais hésiter à intervenir personnellement et faire, pour emporter le morceau, royalement cadeau du pourcent ou de la garantie qu'avaient si opiniâtrement défendus les ingénieurs qui le qualifiaient, et cela aussi lui conférait cette aura bienveillante d'humanité, de mauvais commerçant.

En tout cas il eût semblé aberrant, et d'un irrespect qu'on n'avait jamais eu encore besoin de qualifier, qu'une fois fût-ce une seule il fût ainsi apparu, dans cette cérémoniosité qui ne pouvait tromper, au passage d'un transpalette chargé d'un colis vulgaire, et non pas d'un travailleur usé si noblement à la tâche. Ou bien que survînt un Passage, et que lui, pour qui s'était tant dévoué ce travailleur, ne fût pas à son poste, et l'honore comme il convenait de son modulement nasal et strident, aussi longtemps que se poursuivrait sous ses yeux le périple du transpalette macabre.

Et cela depuis sa première apparition, guettée anxieusement de partout où l'on avait pu se cacher, puisque c'est défunt son père, le créateur même de l'entreprise à laquelle il avait fièrement donné son nom, qui était remorqué les pieds devant sur le parcours habituel où la sauvagerie des bruits s'était pour la première fois sous-tendue d'une gravité ample, comme respectueuse dans sa fureur avec jusqu'une nuance de fraternel dans la fête qui criait cependant comme elle ne l'avait jamais fait. On est bien tous égaux devant la mort, cela se vérifiait une fois de plus.

Le père lui-même qui tant d'années à la fenêtre, elle était moins luxueuse alors, avait dominé le Passage et reconduit dans la Maison qu'il avait fondée cette tradition sans mémoire, depuis le début du siècle et le premier mort de la Société. Et quand dans tant d'autres lieux pourtant aussi anciens de la production industrielle le rite s'était finalement banalisé, avait été balayé par le progrès, au point de ne plus subsister que dans cette persistance, elle tenace et universelle, du défoulement des vendredis soirs, sans plus aucun rapport avec les faire-part encadrés de noir sur les panneaux, que le périple du Passage n'était plus que cette dérision du passage lui tenace et universel de l'enveloppe pour la couronne, liquidant à bon compte l'hommage à tant d'années de fidèle compagnonnage, de bons et loyaux services, d'abnégation, en l'honneur de celui qui de si longtemps n'était sorti de l'usine qu'au soir pour dormir et les samedi-dimanche, quand eux tous parlaient du père et de la tradition dont il leur avait légué l'héritage, ils l'appelaient par son prénom, le vieux patron.

TROISIÈME SEMAINE

Une perspective de parallèles : la façade, le rectangle de gazon, le trottoir, la route, une autre bande l'étroit parking puis très large le fleuve, trouble, laissant à nu la force agitée terreuse du courant, engoncée dans sa double rive de ciment. C'était en l'autre bord des bétons à l'infini, gris épais les picots des tours, la banlieue dont le jour pour lever semblait se suffire de ces pans sombrement violets que les vents guidés par le fleuve vers l'amont, l'est au-delà des ponts, arrachaient à l'obscur. Le bitume trempé de pluie reflétait le fleuve comme d'en répéter la profondeur et les camions lançaient en passant des gerbes, on avait établi le piquet de grève.

Côté petite rue cela se passait sans trop de problèmes, on occupait le baracon des gardiens, le grand portail bloqué presque refermé ne laissait plus passer qu'une personne à la fois et encore de profil, on n'ouvrait plus qu'au marchand de sandwiches. Il suffisait de quatre cinq gars les autres fumaient ou tapaient le carton dans la petite pièce, on lisait l'Huma l'Équipe sur fond disco au transistor, ou un magnéto du Ferrat ma môme. Côté façade, la grande entrée, peut-être était-ce le verre qui semblait rendre tout

101

fragile, donnait à l'affaire son caractère de symbole, ce n'était pas leur porte celle-ci, verre et moquette, mais celle du patron dont les lettres bleues du nom s'étalaient immenses sur le dessus de l'auvent en surplomb sur le perron de faux marbre, une harmonie calculée sobre sérieuse, la splendeur du design, l'image même de la Société reproduite sur les photos les prospectus et le papier à lettres. Il fallait au moins une dizaine de gars au coude à coude et combien qu'ils pussent être cela leur semblait toujours illicite, malgré tout ils n'étaient pas là chez eux.

La circulation était dense sur le quai avec beaucoup de camions, la plupart ralentissaient pour voir, klaxonnaient, ou même mais rarement les chauffeurs tendaient le poing en solidarité.

En face, c'est-à-dire entre le quai et le fleuve, sur l'étroit parking réservé aux cadres et aux clients, s'étaient plantés comme chaque fois deux ou trois cents types, presque uniformément vêtus d'imperméables clairs tranchants sur le bitume rutilant de pluie noire : les cadres sans exception, mais aussi la grande partie des dessineux et la petite maîtrise, dispersés par groupes distincts comme de n'oser se défaire de leur répartition service par service, les contremaîtres ensemble au bord, sur le trottoir presque. Eux restaient, au sein des jaunes, leur composante ouvrière, plus gauches dans leurs habits de ville et sans l'élégance de la masse des jeunes et dynamiques aftershave attaché-case qui prédominaient là. On voyait le chef du personnel pérorer, naviguant de cercle en cercle, et son adjoint chargé de faire

102

signer sur la liste chacun de ceux du parking, ceux-là seraient payés.

Une quinzaine d'ouvriers accompagnés des délégués du bureau d'études traversèrent le quai, leur inclusion en ovale s'incrusta dans la compacité des groupes du parking, en resserrant d'autant les rangs. Le mégaphone faisait la pointe, tenu sur l'épaule d'un gars regardant droit devant lui tandis que, derrière, un autre parlait au micro, troué parfois d'un larsen. Puis prit la parole un délégué des dessineux. Les mots union et revendications spécifiques revenaient, appelant à se joindre à la grève. Cela par principe, c'était une démarche qu'on savait ne pas recueillir d'écho, les décisions et conduites décidées déjà, on avait sa dignité ceux-là tout pareil, ce n'est pas une opinion de plus ou de moins qui pouvait compter dans la balance, on s'en tenait au premier mouvement. Une fois l'intervention terminée le chef du personnel et son entourage s'évertuèrent à huer.

On vit cette fois, belle surprise (mais plus tard on ne manqua pas de rapprocher cela de son état d'excitation et de vouloir à tout prix tenter d'intervenir contre les lois établies de la grève), ce coq de chef du personnel attraper lui aussi un mégaphone mais petit comme un joujou, qu'il manipulait seul, poignée revolver rouge, une sangle de cuir brillante et le pavillon de plastique blanc. Tout neuf évidemment et qui ne servait qu'à muer sa voix en un timbre téléphoné criard sans en élargir vraiment la portée, comme une trompette embouchée face à ce bon chien de bigo du syndicat, éraillé jauni dans les manifs et couvert de badges. La petite trompette joua son air sur la liberté du travail, mais peu devaient l'écouter puisqu'il se fit autour un vide gêné comme on ferait près d'un indiscret. Chacun savait à quoi s'en tenir, si l'on ne faisait pas grève on n'en cherchait pas la bagarre pour autant, cela n'aurait arrangé aucun de ceux qui avaient donné leur nom et preuve de bon vouloir à la liste de rentrer pour un simulacre de travail quand d'ici une heure ils pourraient tranquillement s'éclipser dans leurs foyers jusqu'au lendemain, on admirait la manière furtive dont ceux du parking finissaient par glisser le long du quai jusqu'à leur voiture garée par précaution à quelque distance, éviter valait mieux l'abandon trop manifeste de poste. Après l'appel et les quelques réparties qui s'ensuivirent, on ne pouvait appeler cela discuter, les gars rejoignirent les grévistes assis devant la façade. La grande masse était restée dans la cour côté petite rue, ils devaient bien y être six à sept cents à l'abri du hall réception marchandises où l'on allait bientôt tenir meeting.

Il y avait de l'électricité dans l'air, une nervosité à laquelle les conflits précédents n'avaient pas préparé. Quelque chose d'exacerbé. On sentait qu'il se tramait là-dessous quelque micmac, il y eut par exemple ces deux types du commercial qui insistèrent pour entrer, on finit par y consentir mais accompagnés d'un délégué, ils avaient paraît-il à prendre des dossiers pour un rendez-vous avec un gros client. Puis une autre alerte mais celle-ci prise à la rigolade, ce très distingué si grave chef du bureau d'études s'était infiltré par une fenêtre bricolée dans la pièce surélevée d'où il surveillait les alignements de planches et commençait d'en sortir des rouleaux d'avant-projets pour les confier à un sous-traitant, la grève devait bien l'arranger celui-là question dessous-de-table, il dut ressortir par où il était entré, le défenestrer fut un plaisir, le gars les quatre fers en l'air dommage qu'on n'ait pas eu l'appareil photo. Mais on sut qu'aux premières heures de la grève, avant qu'on occupe, il en avait déménagé un plein coffre de voiture.

Bien sûr on savait que ce nouveau chef du personnel dont en deux ans ce devait être la troisième grève, mais la première un peu sérieuse, où l'on occupait, était un peu plus nerveux que son prédécesseur, pas sorti du rang comme lui mais formé à la nouvelle école, il avait commencé par s'intituler Directeur des Relations Humaines, avec l'ancien on finissait toujours par s'arranger, celui-ci valait mieux se méfier, on disait que la politique avait compté pour beaucoup dans sa rapide carrière et le syndicat l'avait d'emblée traité de liquidateur professionnel. Ils traversèrent à trois, le chef du personnel, son adjoint celui qui recrutait les intérims, puis le chef de l'hygiène et de la sécurité, après avoir appelé ceux du parking à les suivre, les mousquetaires, entrer en force, ne pas se laisser intimider. Sans autre effet, encore étaient-ils prudemment restés à mi-distance, que cette escouade un peu vacillante d'une dizaine de hauts cadres, les proches du patron, conduits par son gendre, qui traversèrent après eux. Les trois demandèrent à passer mais dans ces conditions les gars évidemment refusèrent, il y eut des apostrophes, la liberté du travail on pouvait en causer, c'était de la liberté d'exploiter peut-être dont il voulait parler ? S'il désirait entrer, lui chef du personnel, on ne l'en empêcherait pas, c'était sans doute pour négocier n'est-ce pas, mais qu'il commence par être poli qu'est-ce qu'il avait à tutoyer les gars on n'avait pas gardé les vaches ensemble ? Enfin les trois s'obstinaient, on commençait à flairer le mauvais coup la provoc, on dépêcha en douce un gars vers l'autre porte demander du renfort au cas où.

Mais tout cela c'est sûr en était resté aux mots, les gars n'avaient été responsables d'aucune bousculade, on se contentait de tenir ferme et serrés les uns contre les autres, coudes entrelacés puisque le gugusse s'énervait, chopait les gars par le colbac. Eux savaient que le calme était la seule politique en la matière, ils n'étaient pas nés de la dernière pluie, on en avait vu d'autres, on s'en racontait les nuits de garde des souvenirs de S.O. Bien sûr on avait fait bloc pour aider ceux du cordon, on s'était rapproché pour entourer au plus près les trois, mais seulement histoire de les isoler, décourager ceux du parking qui hésitaient à les rejoindre. Ils avaient traversé à une vingtaine maintenant, mais n'avaient pas dépassé le trottoir et n'osaient pas approcher. À peine les gars répondaient-ils aux invectives, bas les pattes disaient-ils au chef du personnel, seul et poliment il pourrait aller à son bureau, rien ne servait de s'exciter, quand le plus petit, tout rond et chauve, le chef de l'hygiène et de la sécurité, qu'on croyait la crème des pères tranquilles à pantoufler dans une fonction au titre si ronflant, à pas cinq ans de la retraite, le voilà qui se lance sur le gars le plus proche et lui refile un coup de boule un vrai, dans la tradition des bals du samedi soir, un coup de boule à la prolo où est-ce qu'il avait appris ça, front baissé nuque raide, une inertie venant du mouvement en avant des épaules en tirant brusquement les coudes en arrière. Et non pas contre un des gars du cordon, mais un de ceux qui simplement les entouraient, un délégué qui s'écroula flageolant, on savait que ce copain-là sortait tout juste d'un séjour à l'hosto pour un accident de mobylette à la sortie du boulot, traumatisme crânien. Et que d'ailleurs c'était par décision du syndicat qu'il se tenait à l'écart, ne participait ni aux prises de parole ni aux piquets, puisque la grève avait démarré en réponse à un avertissement, une mise à pied, que lui avait infligé la direction pour motif syndical, appel au bigo dans les ateliers, un truc qu'on faisait depuis des années. C'était bien le genre du nouveau chef du personnel, il avait cru profiter de ce que lors de cette intervention le syndicat n'avait pas été suivi pour mettre en cause l'acquis il voyait la réponse.

Il devint difficile de voir, pour chacun là immergé dans l'événement ce fut une mêlée confuse. Chacun, ayant vu qui avait frappé, qui était tombé, s'était précipité, cela pourtant dans une retenue silencieuse, ni cri ni folie on fit rebrousser chemin aux trois imperméables, ils réintégrèrent leur parking peut-être un peu plus vite qu'ils ne l'auraient voulu, qu'ils aient même reçu quelque coup de tatane au passage c'était possible, on ne l'aurait pas nié puisque plus tard tel ou tel des gars s'en vantait mais nul des trois ne s'en plaignit dans les jours qui suivirent, ni même ensuite au tribunal. À peine était-on une quarantaine devant la façade on les hua, tout s'était passé si vite, d'autres arrivaient nombreux de la petite rue, le gars était à terre, allongé c'est le cas de le dire, très blanc, plus blanc que le faux marbre du perron, trois autres tenaient au-dessus de lui trois parapluies noirs, on l'avait couvert d'un manteau. L'infirmière qui elle circulait librement et assurait son poste d'autant plus tranquille qu'elle était syndiquée on savait par elle beaucoup de choses apparut derrière la vitre, on lui ouvrit. Déjà l'ambulance s'annonçait par le grossissement de sa sirène puis entre les voitures son clignotement violet. Elle se rangea on fit la haie au brancard, et repartit rapidement, à peine eut-on le temps d'entendre cette réflexion de l'ambulancier comme quoi il venait bien à l'usine trois fois la semaine en moyenne mais sûr qu'en quinze ans c'était la première fois qu'on lui donnait du travail un jour de grève, dit-il, et de si bon matin encore.

Le jour était plus clair un peu, le bitume tournait au bleu sombre, mais le fleuve restait sous la brume qui faisait paraître grisâtre l'agitation terreuse du courant.

L'ambulance disparaissait que d'autres sirènes enflèrent, tandis que la circulation roulait très dense, dans sa pointe encore du matin, à peine devait-il être la demie des huit heures, un camion puis une voiture, des véhicules rouges nets et mats sous les feux orange et violets accentués par le brouillard. Qui repartirent à toute allure, sans même avoir un instant arrêté leurs trompes quand on eut dit aux gars en épais cuirs noirs sous les casques miroitants que rien ne motivait leur venue, que c'était fausse alerte, soit un coup du patron, soit même des R.G. qu'on avait vu tourner dans une Renault bleu nuit mal banalisée. On pensa seulement plus tard que dans leur précipitation à mobiliser les secours ceux du poste de garde avaient mis en branle le système direct d'appel des pompiers.

Puis la retombée de ces bruits, les sirènes disparues, un vide soudain pesant. On prenait ses repères, une tension muette d'une rive à l'autre du quai, on cherchait à comprendre, reconstituer ce qui s'était passé, il s'en faisait récit et déjà les récits différaient, une haine commençait de sous-tendre les mots et interférait sur le fait. Les délégués parlaient riposte on porterait plainte, on commencerait par un tract qui dirait bien les choses, en attendant il fallait voir à voir, savoir ce que maniganceraient ceux d'en face. Paraît-il que le vieux qui avait balancé le coup contait à qui voulait l'entendre qu'il avait été agressé, qu'il porterait plainte avant eux, il n'avait dû que se défendre on le touchait, et que si oui il avait cogné, si oui le gars était tombé ce ne pouvait être que feinte ou cinéma, enfin on le connaissait bien quand même, dans cette maison, il n'était pas quelqu'un à, alors qu'en face disait-il, il fallait s'attendre à tout, tous des cocos. Autour de lui on affectait de dire dégueulé pour délégué et cela se rapportait vite par-delà le bitume, il y avait des traversées et les récits se colportant d'une rive à l'autre s'enflaient ou se déformaient, il y avait bien maintenant deux cents gars devant la porte sous la pluie, on avait envoyé battre le rappel dans tous les cafés alentour, l'A.G. serait pour dans une heure, tandis qu'en face un bon tiers de ceux du parking avaient disparu, sans doute mal à l'aise que cela tournât au vinaigre, leurs groupes s'étaient visiblement éclaircis. Le chef du personnel avait le téléphone dans sa voiture, il y était pendu l'air fumasse. Il n'en restait plus que très peu du bureau d'études, alors que, et c'était bon signe, ils étaient une bonne trentaine à avoir traversé et constitué un cercle côté ouvrier, ils étaient là, encore à part. L'attente ne tombait pas, que maintenait tendue chaque récit renouvelé à chaque arrivant, récits qui se heurtaient entre eux, ils palabraient pour colmater au nom du fait leurs divergences sans nier ce que disait l'autre, comme de composer les récits pour préserver sa validité de témoin à chaque narrateur en reconnaissant celle de l'autre. Et semblait dominer par-dessus ce bouche à bouche nerveux du fait ressassé, multiplié de versions, un silence gelé sauf le grondement irrégulier de la circulation sur le quai et son écho plus frais, le bruit de l'eau sous les roues. On ne laisserait pas faire en tout cas, déjà on inscrivait des gars pour la garde de nuit, que ceux-là aillent dormir un peu cet après-midi, et déjà certains barricadaient de l'intérieur la porte de verre en empilant des meubles. On voyait, pendu, un blouson que l'un d'eux avait accroché à cette sculpture si contemporaine, tout acier, qui ornait la moquette de la réception. Dehors, forcées de ralentir dans ce goulet des deux grappes d'hommes isolées, les voitures que rien d'ordinaire ici ne retenait s'énervaient, klaxonnaient désordonnément avant de réaccélérer l'usine passée.

Alors le crissement des freins d'une voiture verte, son dérapage très lent, roues bloquées sur le lisse trempé de l'asphalte. Une fille et qu'on connaissait tous, la fille du tirage de plans, traversait du parking vers le côté façade. Elle aussi entendit, comprit, se mit à vouloir courir mais pas tant que la voiture ne la prît au flanc et la traînât sur plusieurs mètres avant de la renverser et stopper, cela amplifié des freins de tous autres véhicules, suivant ou arrivant en direction opposée, et surtout de ce camion que la voiture finissait de doubler, une chance même qu'il n'y eût pas de tôle froissée. On se rendit très vite compte que ce ne devait pas être grave, la fille s'était relevée seule, et soutenue de deux gars marchait en boitant vers le bord de la chaussée, il fallait tout de même faire revenir l'ambulance.

Autre chose fut la cristallisation de la colère qu'on n'avait pu vraiment passer sur les trois sbires évacués trop vite, et n'avait levé qu'ensuite dans le jeu à répons des récits, mais alors maintenue et accumulée par eux. Là tout de l'événement s'était annoncé dans le bruit crissant des freins, événement inéluctable dès son approche, la voiture comme au ralenti écharpant la fille. On cria à l'écraseur, le type fut pris au collet extirpé de son siège, se voyait déjà étripé ou pire. Les délégués réagirent très fort très vite, on courut, c'est à coups d'épaule qu'on repoussa les gars pour empêcher le lynchage, on fit garer plus loin la voiture verte et la circulation reprit.

Le ciel était vraiment clair maintenant, à l'intérieur les ampoules n'auraient plus éclairé que le jour, mais dans les pans gris traînaient des nuages très noirs et lourds, déchirés par le vent qui faisait battre contre eux cette pluie sale.

Remarque que Charlie le gus il l'avait pas visé. Il voulait marquer le coup, c'est tout. C'est la veille qu'ils avaient eu leur réunion de commission, les gars disaient qu'avec les nouvelles commandes en chantier et toutes les équipes à gratter ensemble on risquait à tout moment l'accident. En face ils n'avaient rien voulu savoir, tout se passe bien disaient-ils, ce n'est pas la première fois qu'on est conduit à ça, la bourre en dernière minute, sinon c'est les pénalités plus risque de louper une autre commande à venir, pas question de diminuer le nombre des intérims, enfin il n'en était rien sorti de bien concret. C'est à ce moment-là que le type leur avait balancé une vanne, dans le genre que c'est toujours quand le boulot commence à bien tourner qu'ils essayent eux les délégués de bourrer le mou aux gars pour faire du chantage sur la maison, et qu'heureusement eux les gens responsables savaient à quoi s'en tenir.

Faut dire que celui-ci, même en haut tout le monde le considère comme un arriviste de première, et que s'il est parvenu où il en est, c'est bien à force de fourrer son nez partout, le cinéma qu'il fait d'autres l'ont fait avant lui, alors les excès de zèle facile de savoir ce qu'il vise, la place à. Enfin le lendemain il a dû comprendre, c'était sur la bécane un merdier pas possible, il y en avait à tous les étages, combien au mètre carré, les câbleurs en haut à souder leurs goulottes, les tuyauteurs à finir des modifs et déjà les peintres qui commençaient à faire le bas. Notre m'as-tu-vu se ramène comme tous les jours, la gueule enfarinée, sapé comme pour partir au bal.

Alors le Charlie il s'est dit si avec ça il arrive pas à comprendre, mais sûr qu'il le visait pas, et que ce qu'il voulait c'est simplement lui montrer, rapport à la veille. Enfin le voilà qui balance une tôle. L'autre il se l'est prise en pleine poire, juste sur le tranchant. Il avait plus sa bonne mine à revenir tout juste des sports d'hiver, ça lui pissait partout sur le nez la joue.

Il a quand même eu du cran, parce que le lendemain il était là dès les huit heures, la tête enturbannée une vraie momie. Il a rien moufeté du truc. Côté des gars, de toute façon, il aurait rien pu en tirer, y en a pas un qui puisse le pifer, puis même, cafarder ici c'est pas le genre. Et va savoir avec autant de monde, qu'il y ait un bout de tôle qui vole ça arrive n'importe quand, avoue que ça aurait été un pot de peinture il aurait eu l'air encore plus con, il aurait pas pu jouer son martyr, mais il ne devait pas être dupe. Surtout que le Charlie et sa bande ils n'en sortaient pas une plus haut que l'autre, ils sont pourtant pas des moins repérables. Eh bien le gus il a pas décollé des bécanes de toute la journée. Toujours sur les gars, il leur a pas lâché le poil une minute. Le Charlie maintenant il en parle à l'aise, c'est presque son jour de gloire,

113

mais sur le coup quand même il était pas si fier. Que l'autre il ait rien chopé à l'œil, vraiment ça a été chance. Pure chance.

La grève : dire ce qui en étaient les prémices, l'annonce, l'arrêt de travail avec les appels au bigo dans les ateliers, la réunion au retour du repas. Le groupe serré des gars en bleu au carrefour des deux halls, et les chefs, sur une périphérie plus extérieure du cercle, à écouter comme de se gausser. La décision de débrayer, le vote. Le vote par le compte des mains. La première délégation, on attendait là, dans le milieu des allées. Leur retour, avec comme prévu le non de la direction. La décision alors de grève, on sortait dans la cour. Il fallait d'abord se compter, évaluer le rapport des forces. Des inégalités. À la peinture, la sourde oreille. Mais à l'usinage plus un seul gars aux bécanes. Ne restaient plus que le chef et le balayeur. À la tôlerie on devait faire dans les soixante pour cent, bien mieux que les fois précédentes. Et ceux des équipes qui avaient refusé de sortir. Certains qu'on connaissait bien, d'autres dont c'était plus surprenant, on en causait. Untel parce que c'était une histoire entre lui et son délégué, pas plus. Un autre, lui normal, il attendait sa mutation pour les méthodes, valait mieux qu'il s'écrase pour l'instant.

114

On rentrait de nouveau dans les ateliers, par petits groupes, pour aller discuter avec eux. Oh sans plus. Chacun son droit, sa liberté. D'ailleurs ils s'en tenaient à l'économique, ce mois-ci avec le tiers à payer, la maison ou le genre. Et les bureaux ils sont sortis eux, y en a marre de perdre de l'argent pour les autres, ma femme travaille pas moi. Dedans l'activité encore, malgré les équipes vidées. L'équilibre changé, plus de blouses grises que de bleues. Ce chef tout seul avec ses paperasses, comme si de rien n'était. Même sans combattants sa bataille continuait, lui. Certains de ses congénères, contremaîtres ou chefs d'équipes, avaient retroussé les manches, histoire de faire quelque chose. On verrait le boulot, à chaque fois pareil, ni fait ni à faire, c'est tout à reprendre. Les pauvres ils ont plus l'habitude, la main se perd, ils y croient encore, que le turbin peut pas attendre, savent pas que les cimetières sont remplis de gens indispensables. Un technicien, avec deux blouses grises plus un gars, à se crever comme des bêtes pour remuer un bout de ferraille sans le pont roulant en grève. Sont bons pour aller construire une pyramide. Enfin si ça leur chante, disaient-ils, préférant parler bas en traversant l'usine maintenant silencieuse, les machines stupides, laissant ressortir trop nettement des bruits d'ordinaire inaudibles.

Un vieux, à gratter tête baissée. Irréductible de longtemps, celui-ci. L'incongru de son activité solitaire, isolée de la masse au repos des choses, fébrile ou saccadée sans pourtant qu'elle l'ait été davantage qu'à l'habitude. Peut-être accentuée de ce qu'il était un peu plus replié sur lui-même, un peu plus obstiné de ne pas trop oser regarder le vide alentour, ou les potes grévistes qui passaient. Et marquait par son zèle qu'il n'en était pas pour autant du côté du patron, pour les chefs on n'en fait pas tant. Et puis il aurait bien pu se la couler douce personne ne lui aurait rien dit. Les intérims aussi continuaient. Mais eux, qu'ils soient dedans ou dehors, c'est pas leur rendement de la journée qui sauverait la baraque.

On savait que c'était bon pour l'après-midi, la deuxième entrevue ne devant avoir lieu que sur les quatre heures. Dans la cour on hua le type du personnel, un sergent reconverti, qui s'en allait faire le recensement officiel. À cinq heures on ne se retint pas d'une haie d'honneur muette à ceux qui sortaient. Tranquille, mais ferme.

Et l'incertitude, arrivant le lendemain, du résultat de la négociation, la veille au soir. Mais cela se résolvait dès la gare presque, dès les premiers troquets, aux gars qu'on y reconnaissait, plus nombreux d'abord, et leur attitude, pas la même tout à fait. Quoi, peut-être le dos, qui n'était pas si voûté sur la tasse, en marquant que ce n'était pas de votre faute si vous ne pouviez boire plus vite. Ou de ne pas se retourner sans cesse par-dessus l'épaule, d'un mouvement bref du cou, ou de ne pas regarder toutes les trente secondes la montre. Ou l'animation, ils parlaient tous. Ou croisant dans la rue quelques-uns qui déjà en revenaient, étaient passés aux nouvelles et s'en allaient prendre leur jus avant l'A.G., faire un flipper, ils avaient bien le temps.

Ce matin-là, sans pourtant qu'on ait empêché quiconque d'entrer, on devait bien avoir atteint les quatre-vingt-dix pour cent, chez les ouvriers. Mais les ateliers restaient ouverts, simplement on avait bloqué toute expédition des commandes. La direction avait durci. L'après-midi, deuxième entrevue puis encore assemblée générale. Les gars en parlaient déjà, d'occuper. Sinon disaient-ils, ils font traîner tant qu'ils veulent, ça les arrange même. Tant qu'on ne ferme pas les bureaux.

Alors, le lendemain matin, les piquets, l'occupation. Puis la grève dans son déroulement, sa durée.

Dire que les attitudes n'étaient pas les mêmes, quand ils restaient en habit de ville. Leur manière de se regrouper équipe par équipe. Les cuisiniers, par exemple, qui tenaient table au troquet du coin plat du jour, aidaient même aux sandwiches et aux demis pression. Cuistot en chef au bout de table, entouré des serveuses, il trônait. Que les paroles non plus n'étaient pas les mêmes, se faisaient aussi civiles que les fringues. Une sorte d'interdit sur les mots du travail. Un peu comme lorsqu'à la cantine on en faisait pari, et qui parlait boulot payait sa bouteille. On causait quand même des chefs, comment on leur résistait au quotidien, anecdotes. Il y avait ce gauche de leurs mains libres, à tenir un parapluie roulé, un journal, qui restaient celles du travail. Tenues sur l'avant du corps, du bout des bras. Comme jamais ballantes tout à fait, avec des traces noires encore. Comme de ne pas en avoir l'habitude, de ne rien faire.

On avait des difficultés, à situer tel ou tel, le reconnaître, tant le visage s'était associé à son ordinaire, une place, atelier machine, couleurs geste. Celui-ci, qu'on identifiait maintenant comme étant le gars de telle perceuse, la grosse radiale, pour le rencontrer chaque jour puisqu'il était sur votre chemin en allant à la cantine, mais dont jusqu'ici on n'avait croisé le regard que lorsque l'autre, en fin de chaque pièce, relevait avec son outil le bras jusque par-dessus le front et levait les yeux. Et cela, le dos, le geste, qui se perdait dans les silhouettes là debout à attendre, le blouson ou la veste comme en évidence, en avantage, le buste en avant légèrement, un peu fixe. Et dire comment dans la cour dès le premier jour d'occup ils jouaient aux boules, la pétanque, et que c'en était une des formes les plus déterminées, qui insérait dans les murs mêmes de l'usine la parole du dimanche, celle des vacances ou d'en famille.

Ou bien comment chacun, arrivant ou repartant, passait dans la petite rue, quitte à faire un tour pour rien, au volant de la voiture qu'on avait préféré sortir plutôt que prendre le train, puisqu'on ne savait pas à quelle heure on s'en irait, lentement et klaxonnant. Ou celui-là, qui venait de s'en payer une neuve et la laissait à cheval sur le trottoir juste en face du piquet, portes ouvertes et l'autoradio à fond les ballons, il ne pleuvait plus, le gars mi-allongé sur les coussins avec un cigarillo, et d'autres assis sur le capot.

Et les meetings, assemblées générales. Ou dans la journée les comptes rendus de réunion. Le branle-bas, puis le groupe des délégués, debout sur le quai de chargement autour du micro, un gars en avant à tenir au-dessus de sa tête le pavillon, les autres en bas. La tension ou l'assentiment, les applaudissements ou les fusées d'interjections. L'accord, la volonté, le refus ne nécessitaient pas le vote pour être sentis, mesurés, sus. On s'accrochait sec. Il y avait ceux dont on attendait les interventions, dont on se doutait à l'avance de la teneur, je pèse mes mots c'est moi qui pense ça moi Untel c'est personnel mais ce serait quand même bien qu'on en discute. Ou ceux de l'entretien, avec leur tradition d'être un peu à part, eux qui se baladaient partout dans la tôle, allaient changer les fusibles jusque dans le bureau du patron, mi-aristos mi-anars. Surtout avec leur délégué, un type qui avait rendu sa carte du Parti, que c'étaient des histoires qui remontaient à loin et sur le fond, disait-on, n'avaient pas grand-chose à voir avec la politique faut dire qu'en ce temps-là, mais avec sa grande gueule il-entraîne tous ses potes avec lui, ça ne facilite pas la tâche. Et ceux de la tôlerie, qu'eux c'était l'inverse, des réacs par excellence. Quand ils avaient fait grève sur leurs trucs à eux, il y a trois mois de ça, on ne les avait pas tellement aidés, maintenant ils rendent la monnaie de leur pièce. Les radicaux de l'occupation, les durs. Les modérés. Les copains du C.E., qui parlent déjà calendriers, mise en application. Invitent les gars à venir se rendre compte sur place, par eux-mêmes, des réunions avec la direction. Et surtout rester dans la cour, faire poids sous les fenêtres. Ne pas donner l'air de se démobiliser. Et puis des qui prenaient la parole pour se raconter. Les problèmes concrets de leur coin, ce qu'il y aurait à faire, on prenait note. Un cahier de revendications avait été ouvert, laissé là, dehors, avec un bic au bout d'une ficelle. Resté vierge depuis. Écrire, pourquoi. Il y en avait aussi des bureaux, peu, à vrai dire. Rarement plus que la dizaine. Un par exemple, c'est lui qui en soixante-huit a fait le reportage photo sur l'occupation, il est toujours là, aux avant-postes. Un barbu en cravate, aux cheveux longs. Ceux-là étaient bien écoutés, solidarité.

Puis dire l'usine alors vide vraiment, aucun bruit. L'air plus clair, les poussières retombées, respirable presque. Comment lui passait devant sa machine, éteinte, close, silencieuse. Ne franchissait pas la bande jaune pour aller ouvrir et vérifier sa caisse à clous, dont il tenait dans sa poche la clé. Sauf une fois, mais pas seul, avec un pote, pour y chercher le cruciforme dont il avait besoin pour une bricole, chez lui, puisque là qu'on avait le temps il en profitait pour. Le poids muet et la tranquillité de l'immobile quand ils faisaient le grand tour des halls pour y rejoindre le coin des distributeurs remplis deux fois le jour des sandwiches jambon fromage. Des gars avaient installé ici une table avec des cartes, tarot ininterrompu ou belote, les colonnes serrées du compte des points au dos d'une feuille d'heures, avec spectateurs et radio. L'usine vide sauf en ce coin sombre où la direction avait concédé au syndicat son local, et devenu leur Q.G., la permanence du comité, la salle emplie, enfumée, les gars tassés, certains debout jusqu'à sur le pas de la porte, avec sans arrêt les allées-venues depuis la cour, transmettant les infos ou les désaccords, dans les deux sens, dis-y que.

Ou bien la ronde, avec les copains du syndicat, en montant d'abord par les vestiaires déserts, puis ceux des chefs, et descendant faire le tour atelier par atelier, vérifiant systématiquement la fermeture de chacun des orifices. Les moteurs des rideaux de fer démontés, madriers et fenwicks bloqués contre les portes. Et prétexte la ronde à s'aventurer où l'on n'aurait pu autrement s'introduire, où nul prétexte du quotidien ne l'eût permis. Magos isolés dans les recoins des combles, un petit atelier de traitement thermique où tout sentait la rouille et les acides, la chaîne des bains noirs. Encore paraît-il que c'est le gars lui-même qui ne tenait pas à recevoir trop de touristes, puisqu'il trafiquait pas mal en douce les radiateurs de bagnole des copains ou autres chromages, la perruque. Plus loin ils avaient découvert une forge, une vraie, comme antan, et tous les instruments. T'as ça chez toi, plus besoin de venir gratter, tu fais le fer forgé pour les balcons des gogos, tiens moi j'ai un pote qui et puis. Et l'enclume, l'air de ne pas avoir servi depuis une éternité, peut-être deux. Ils avaient examiné les pinces, les formes à emboutir, discuté du comment on s'en sert. Accessoires délaissés de la production.

Et la trace de ceux qui y étaient confinés, quelque chose de plus intime dans un coin, le coin de. Où ils se sentirent soudain indiscrets, ne touchèrent pas. Une chaise propre, avec un coussin de laine, fait à la maison, brodé. Au mur un bout de miroir brisé, un calendrier et une photo, des cartes postales envoyées par les collègues, il y a longtemps. Île d'Oléron soleil pensons aux courageux qui sont restés il n'y aura que la fin de triste. Ceux-là qui devaient y vieillir, obsolètes comme leur tâche. Un de la ronde, un ancien, avait plaisir à leur dévoiler les caches, les coins aux cadavres accumulés, empilades de litres vides. Comme ici le repère du Cosaque, un obèse chauve avec une moustache énorme et tombante, que c'est pour ça qu'on l'appelait cosaque merci on avait compris, que oui maintenant il voyait bien lequel c'était, dont le job c'était la récup des vis et boulons perdus, abandonnés après le démontage des machines pour expédition, les reclasser et les renvoyer en mago tu crois que c'est rentable en tout cas ça vaut le coup d'être son pote parce que le jour où t'es en rade, n'importe quoi, filetage gaz, pas anglais, il te le retrouve dans sa réserve, mais ça c'est pas l'après-midi qu'il faut que tu y ailles, parce qu'il serait pas en état de reconnaître une vis de huit d'un boulon de quinze vise un peu c'est au whisky qu'il carbure le père, il se mouche pas du pied c'est son luxe.

Ensuite traversaient les rangées de tables à dessin, vérifiant l'une après l'autre chaque fenêtre, les tables laissées telles quelles par les gars le soir d'avant l'occupation, les planches inclinées n'importe comment, les plans en cours, la doc en désordre, les papiers empilés avec l'alignement des rotrings sur leur chiffon taché d'encre, les cendriers même pas vidés. Ceux-là aussi avaient leur coin apéro dans le fond d'un placard entre les calques, et pas que du jaune, les mecs ils aiment la variété faut dire ils ont pas les mêmes problèmes en fin de mois pour remplir le cabas. Ayant passé les rangées de tables montaient et s'attardaient dans les bureaux moquettés du premier étage, aux baies vitrées donnant sur la Seine, s'amusaient des calendriers pornos un peu plus sophistiqués que les leurs en bas, c'est justement là, au service export tu vois bien ce mec fringué toujours smart qu'a une Alfa, qu'on le voyait ce fameux calendrier en relief ils touchaient. Et sur les bureaux des secrétaires près des machines électriques, le cube de plastique transparent avec sur chaque face une photo, les gamins devant la maison, un bébé ou parfois le chien.

Puis l'étage au-dessus, la cantine avec ses box, une forêt de minces tubes verts, les chaises renversées sur les tables, agrandissant l'étendue brillante du carrelage jaune clair et tout au bout, derrière une cloison à mi-hauteur arrangée de plantes, ce qu'ils appelaient le rotary, où les commerçants invitaient leurs clients et où déjeunaient aussi, loin des foules, ensemble à une grande table des familles, les grands chefs de chaque service. Puis, derrière encore, le salon particulier où lui mangeait, le tôlier ou en son absence le sous-directeur. Moquette, vue sur le fleuve, Paris à l'horizon, sans oublier le téléphone super-design.

Et rentraient dans les cuisines tout nickel, une place pour chaque chose et chaque chose à sa place proclamait une pancarte. Pénétraient dans la réserve avec un double des clés, au syndicat ça fait beau temps qu'on a le double de toutes les clés plus les passes de l'entretien, y a que le coffre qu'on peut pas ouvrir.

Mais ne chouravaient pas le moindre des biscuits alignés tout prêts sur les rayonnages, même le pinard des gars de garde on ne le prenait pas ici. Riant ensemble de cette possibilité un peu monstrueuse, autant que ces amas de bouffe dans la chambre froide, les quartiers de viande pendus, une complicité un peu dédaigneuse. Ils auraient beau faire disaient-ils, question détournement d'autres étaient passés et passaient sans doute encore avant eux. Il y a quelques années le record, un gus et pas des moins bien placés qui avait réussi à faire passer à l'as un plein bahut de copeaux de cuivre, ça avait fait un beau scandale. Ben figure-toi qu'avec le type ils avaient préféré arranger ça à l'amiable, qu'il se recase en douce avec l'appui du patron je pourrais même dire où. Sans doute qu'avant il avait pris ses précautions et qu'il devait en savoir un peu trop sur certains autres trucs, ou bien encore que l'argent ne devait pas revenir qu'à lui et qu'il avait assuré comme ça ses magouilles.

Allaient aux fenêtres viser les potes en bas, échangeaient quelques bras d'honneur. Enfin, plus tard, la garde de nuit. La nuit entière dans l'usine, après que vers les six heures tous sont partis, qu'il ne restait plus avec les veilleurs que ceux du comité à faire le bilan de la journée et préparer le tract qu'on distribuerait le lendemain matin, qu'il fallait encore aller taper et tirer à l'Union Locale. Et le cagibi des gardiens encore tout enfumé de la journée, il n'avait pas désempli, maintenant ils y prennent leurs aises, arrangent vice versa les chaises, s'installent relax avec des couvrantes. Sept huit gars, une cafetière électrique, la radio. Le repas porté par la municipalité, avec le casier de rouge en solidarité. Les vannes au téléphone. Puis la ronde encore, mais dans l'obscurité, les machines plus impressionnantes de leur silence et de leur ombre. Et d'atelier en atelier les murs fantomatiques sous le cône de la lampe, cherchant les commutateurs, les essayant tour à tour, le claquement lent des néons qui battait les travées. La nuit de l'usine.

Six mois que tu nous as quittés déjà, mais ton image restera encore longtemps gravée dans notre mémoire, celle d'un chef loyal et compréhensif, sachant se faire aimer et respecter de tous. À toute sa famille, permettez-nous d'unir notre chagrin à votre douleur et de vous exprimer nos sentiments de tristesse et d'affectueuse sympathie.

Il continuait d'en rêver, lui, de l'usine, si longtemps après son départ. Une obsession : y revenir, s'y réintroduire. Mais empêché chaque fois. Contraint au retrait, à la clandestinité, ne pouvoir ni leur parler ni s'en faire reconnaître, alors qu'il était au milieu d'eux tous. Ou bien, s'ils le reconnaissaient, lui était nu parmi eux, et quoi faire alors, même s'ils semblaient ne s'apercevoir de rien ? Parfois il était toléré, recevait des directives de son chef, mais ne pouvait ni approcher ni toucher les machines. Pire, s'il le pouvait, c'était une machine qu'il ne connaissait plus, lui était incompréhensible, comme ces diesels qu'étant enfant on lui montrait à La Rochelle dans les cales des cargos. Ou bien dans les situations les plus incongrues, jusque dans sa chambre, il découvrait une machine qui enflait, devenait gigantesque, mais n'était plus qu'une structure embrouillée d'acier, passerelles, portiques où il se perdait et d'où la machine elle-même avait disparu. À moins qu'il ne soit contraint dans l'usine de sortir sans fin d'une fosse des quantités infinies de tubes.

Notamment en ce qui concerne l'absentéisme et les pertes de temps pendant les heures de travail. Ceci s'adresse à toute personne qui commettrait ces abus dans les bureaux ou dans les ateliers. Il a paru préférable de demander à chacun d'agir librement par autodiscipline. Il est du devoir de l'Encadrement de rappeler ces décisions, toutes les fois que cela sera nécessaire.

Chaque matin de la grève la visite du permanent de la section, d'ailleurs un ancien de la boîte, qui disait à chacun tour à tour ce qu'il y avait à bien comprendre dans la lutte et distribuait, pour aller à la bagarre, quelques bulletins d'adhèses qu'on enterrait vite dans la poche avec son mouchoir par-dessus. On se retrouvait le soir pour envoyer le communiqué à l'Huma. On savait y faire, pour que ça colle, chiffres à l'appui, pour peu que les copains prennent ici leur canard plutôt qu'à leur kiosque habituel, plus ceux de la cellule qu'on ne voyait jamais mais qui pensaient s'en tirer à bon compte par ces deux francs du quotidien, ça faisait tout de suite son petit score. Et puis on avait bien vu comment tel ou tel, connus pourtant comme communistes, avaient été populaires et écoutés, ou celui-ci, qui avait sa carte sur une locale, mais avait aidé à distribuer le tract l'autre matin c'étaient des signes ça. Plus celui-là, à qui l'on n'aurait jamais pensé proposer l'adhésion, et qui l'avait envoyée à la fédé par la poste, avec celle du mois dernier ça en faisait deux dont on pouvait dire que c'était pendant le conflit.

« Mimile est mort. » La douloureuse et consternante nouvelle a circulé pendant le personnel en grève ce jour-là. Ainsi celui qui avait été pendant de nombreuses années notre porte-parole auprès de la direction disparaissait justement un jour de revendication. Chacun de nous gardera de ce camarade le souvenir d'un homme intègre, loyal et dévoué, qui avait foi en ce qu'il faisait. « Mimile était un pur. »

Ces abus sont notamment constitués par : le passage aux vestiaires après pointage le matin, et avant pointage le soir ; la cessation du travail avant l'heure pour se rendre au Restaurant, et la reprise après l'heure à la sortie de ce dernier ; l'arrivée et l'attente aux pendules avant l'heure de sortie ; les « parlotes » dans les couloirs et allées ; le temps exagéré passé par certains devant les appareils distributeurs de boissons et sandwiches, etc.

Nous sommes tous bouleversés que tu ne sois plus parmi nous, toi qui étais si plein de verve et de gentillesse, tout le monde te connaissait et t'appréciait. Il fut pour nous un bon camarade que nous regrettons, et que nous n'oublierons pas.

Un projet pour s'en sortir chacun briquait le sien. Et pas un jour de son préavis qu'un copain ne se déballonne de sa cabane au Canada, chacun son tour : lui qui s'en allait devenait la preuve vivante du possible, rêver on avait le droit d'y croire, sa démission provoquerait une réaction en chaîne. Qui voulait se monter une salle de sports, qui un atelier préparation de motos de course, qui devait se mettre frigoriste à son compte avec le beauf, qui visait une petite épicerie-tabac, à Narbonne. Chacun son truc. Il en avait croisé un, plus tard, lors d'une manif. T'as raison, prends-toi des vacances, tant qu'on est jeune pas de gamin autant en profiter, de toute façon tu peux pas retrouver pire. Il avait eu comme ça les nouvelles : Untel déménagé, le pavillon, content de lui. Tel autre, pareil, autant peigne-cul. Et tu te rappelles Untel, le blond, moitié chauve, brèche-dent, une armoire il a pris sur la gueule. Tu sais bien, comme ils déchargent les camions, en plein milieu du bordel, fallait bien que ça arrive un jour ou l'autre, il est mort en soixante-douze heures. Et puis finie la cafetière, le tôlier qu'a débarqué un matin, tu parles, il vient pas une fois l'an, fallait que ce soit pile au bon moment, qu'est-ce qu'on s'est pas fait ramoner !

Perceur sur « radiale » successivement à l'usinage, au service transfo, à la tuyauterie, il a laissé le souvenir d'un homme serviable. Il nous a quittés après avoir fait don de son corps à la science. De ce fait, nous n'avons pu manifester notre profonde sympathie lors d'une cérémonie d'adieu.

Le mot même d'usine. Dans le village, en Vendée, il n'y en avait qu'une, et désaffectée, l'usine à huîtres on l'appelait. Et le panneau, il n'y avait pas de panneau SORTIE D'USINE devant celle-ci, la dernière. Vu bien avant, dans quel autre village, quand effectivement vers les six heures les murs lâchaient un gros paquet de voitures, un car et des vélos. Ou bien le garage du grand-père, revenant de Paris, et déjà le nom de la ville, ramenant de l'Usine une voiture neuve, un nouveau modèle souvent, du jamais vu. L'odeur des sièges neufs. Les plastiques jaunes dont on épluchait les pare-chocs inox lustrés. Et la réserve à pneus, dans la cave, la fraîcheur du caoutchouc. Ou encore les quatre cinq gars en bleu, quand ils entraient dans la cuisine, debout autour de la table, il y avait une bouteille de blanc, des verres sur la toile cirée, et déjà l'étrangeté de leur parler. Ou comment pour sortir de l'appartement, passer de sa chambre à la place du bled, il lui fallait soit passer par le bureau soit traverser l'atelier, dire bonjour, serrer les mains. Plus tard, les premières cigarettes, fauchées dans les boîtes à gants des voitures de clients. D'autres choses encore, de celles si trompeusement intimes qu'on aime à trouver dans les livres.

Ayant traversé de douloureuses épreuves qui l'avaient fort affecté, il avait lui-même une mauvaise santé, mais malgré tout cela, il avait pourtant le courage de venir assumer sa tâche de chaque jour. L'annonce brutale de son décès nous a plongés dans la consternation. Professionnel consciencieux, compagnon de travail agréable, son souvenir reste là... vivant !

Ce prospectus qu'on leur distribuait deux fois l'an, dont l'une immanquablement après l'arbre de Noël du C.E., cette grande réconciliation avec orchestre et vin d'honneur. Et l'autre vers juin, avec la fournée des médaillés du travail. Sans oublier, dans l'un ou l'autre, la montre des quinze ans, gravée aux initiales du patron. Et dont il n'y avait pas à se moquer, même s'il était loisible de penser qu'après bien cinq mille journées pareilles on n'ait plus besoin de savoir l'heure. Et si c'était pour leur faire redécouvrir ? Au moins cela valait mieux que dans pas mal d'autres boîtes, où c'est un tour en bateau-mouche qu'on offrait par exemple aux anciens, royalement, après le banquet.

Cérémonie traditionnelle que celle de la remise des montres et pourtant toujours renouvelée avec bonheur grâce à l'accueil si cordial de M. le patron : chacun a droit à un mot de sympathie ou à un rappel d'une anecdote. En quinze ans on commence à se connaître, pas toujours par son nom, ainsi quand M. le patron a appelé M. Ravignani, personne n'a bougé, pas même l'intéressé qui depuis le dernier appel du régiment n'avait plus été appelé que par son prénom ou son surnom. Mais au moment de ranger la montre il s'est souvenu que c'était lui.

Arrivé à Paris, il avait immédiatement commencé la tournée des boîtes d'intérim. Hasard, dès le lendemain il attaquait dans cette tôle où trois mois plus tard il était embauché en fixe. Cette sensation de figé. Durée qui ne s'ouvrait qu'à elle-même, n'était même pas attente. Ils n'attendaient pas la retraite, elle était déjà là, dans leur vie d'aujourd'hui, carnet d'épargne-logement et photos des petits-enfants mais oui déjà.

Insertion dans une durée aussi figée que le gros qui l'avait interrogé, engoncé derrière son bureau, l'avait fait débiter son curriculum quels sont vos hobbies, et qui le croisant le lendemain dans l'atelier l'avait déjà oublié. Comme de prendre place dans ce qui avait commencé son ressassement bien avant lui et ne l'exigeait pas pour se perpétuer, tout en l'y employant.

Nous vous demandons, Mme et moi-même, de bien vouloir être notre interprète auprès de M. le patron ainsi qu'auprès de ces MM. du Comité d'Entreprise pour les remercier de ce magnifique colis sans oublier la petite enveloppe. Le tout nous a fait vraiment plaisir de voir que les anciens ne sont pas oubliés, cela fait penser à tout le monde qu'on a vu et côtoyé dans cette maison pendant de longues années. Nous souhaitons également beaucoup de commandes pour la Société ce qui permettra de donner du travail pour tous.

Quand on leur refilait chacun leur exemplaire de la feuille patronale, posée dans leur assiette, à la cantine, il jouait son branleur, la balançait ouvertement. Il avait voulu cependant garder celle-ci, et avait fauché l'exemplaire de son chef, quelques jours plus tard. Parce qu'avec ses quatorze photos du tôlier en seize pages, sûr que ça valait le jus.

Sa gentillesse et sa discrétion, qui ne parlait jamais de lui-même, son dévouement aussi et sa sympathique camaraderie, nous attachaient tous à lui. De notre supporter, que nous revoyons encore venir encourager ses camarades de l'équipe de foot, nous conservons en nous son souvenir dans la tristesse d'un départ aussi brutal.

L'usine s'accordait avec leurs passions. Après tout, chacun trempe sa soupe. L'usine tolérait la moto comme le microprocesseur, la cibi qui avait bien tenu ses trois mois comme le club pêche à la ligne qui fêtait ses trente ans. Et s'arrangeait pour les recouvrir de son jeu marchand, quitte à surévaluer, exemplifier la gratuité quand elle transperçait. Ces bricoles de génie, maquettes, châteaux d'allumettes. L'usine tolérait même l'aventure, quels chantiers n'entreprenait pas la technologie. L'illusion des choix, le discours des besoins, attention, en fonction des possibilités objectives de les satisfaire, précisait-on en cellule. Et comment lui s'y était laissé prendre, sa lettre de démission lors de cette grève il l'avait déjà écrite à plusieurs reprises, sans pourtant se résoudre à l'envoyer, trop juste ce mois-ci, mais les mois s'enchaînaient sans qu'il ait réussi à se constituer ce petit pécule qu'il souhaitait avant de se jeter à l'eau. Comment à crédit il achetait de ces si belles éditions, faute d'être écrivain pourquoi pas bibliophile. Puisque enfin il s'était mis à lire, sérieusement, continûment. Parfois dans l'usine même, à la pause du midi. Le livre alors posé en équilibre sur sa sacoche pour éviter le cambouis. Avec les réflexions des gars, qui ouvraient au hasard, lisaient à haute voix un extrait, histoire de se confirmer qu'il fallait bien être un peu barjot pour lire des trucs pareils, faut pas s'aimer au moins avec un San A tu.

Et dans ce bulletin qu'il avait conservé, chaque nécrologie accompagnée de la photo disponible, un fragment découpé dans un cliché de groupe puis agrandi, alors flou, et le plus souvent verre en main, la trogne réjouie, parfois marquée pourtant, déjà, de la maladie. Sauf un, des pauvres disparus, dont ils avaient déniché une photo d'identité, la mine de circonstance, mais ces œillets en diagonale.

Malheureusement, ces derniers temps, nous avons pu être aussi frappés par l'attaque brutale du mal ou l'accident qui enlèvent en quelques secondes des êtres qui font partie de notre entourage et qu'il nous est bien difficile de voir autrement que pleins de vie, mais que penser de ce drame incompréhensible et que personne parmi nous ne peut expliquer. Très réservé certes, il n'a jamais dévoilé à son entourage les causes de ce qui devait provoquer son geste malheureusement sans appel. C'est avec une bien grande tristesse que nous avons assisté à la cérémonie d'adieu et ce fut une consolation de le voir entouré par toute sa famille, ses amis y compris ses anciens collègues qui avaient tenu à lui apporter un dernier hommage.

Alors la fin de la grève, après le dernier vote dans la cour décidant à l'unanimité moins les irréductibles la reprise, les gars rentrant dans le hall en manif, criant on a gagné. Scandant, comme au Parc des Princes, tout comme. Une vraie fête, allons enfants, on remet ça. Et les moteurs en route, les compresseurs. On chantait encore, les mains déjà noires.

QUATRIÈME SEMAINE

Franchit la porte de plastique et rentra dans le hall. La pendule au-dessus, vingt minutes seulement qu'il avait passées dans les chiottes, enfermé, assis sur le siège sous les graffiti. Qu'il ferme les yeux et cela partait, l'impression d'une chambre très grande au sol d'acier poli très lisse, très bien poli très lisse mais comme froid, et là-haut cet énorme piston de même métal. Brillant, remuant comme un souffle. Palpitant presque, mais d'une amplitude qui ne lui laissait plus de place, nulle place. Pas de murs pourtant, non, pire. Cette immense surface sphérique, convexe très légèrement, un horizon nu recouvert de ce piston aussi immensément étendu. Courir, courir mais cela ne suffisait pas, et rien dans le sol, nul puits contre le pendule, nulle anfractuosité, aspérité, rien que ce convexe léger et glissant sous la retombée inéluctable du piston. Un claquement, un claquement très vaste. Puis ce stable fugace, un suspens à peine, courir où. Et s'amorçait déjà la descente encore, une accélération lente venant cogner, battre contre le sol.

Au moment du choc, chaque fois, l'explosion lisse du battement, l'infini contact et ouvert des surfaces. Mais une renverse : comme si alors l'éclatement était en lui. Non pas écrasé dans l'entre-deux des aciers mais. Et la remontée du piston, courir, rejoindre là-bas l'ouvert qui semblait se déployer toujours plus loin à mesure qu'il avançait. Puis déjà le retour, le retour comme un souffle.

Le choc. Encore renverse puis se relever, un autre cycle, courir. Ce moment de l'écrasement quand l'acier le jette au sol, l'affleurement des surfaces, leur intime caresse sans nul interstice, c'était en son corps battement sauvage du cœur, épanchement dans le crâne total du sang, une décharge, une secousse. La remonte, le piston remonte et lui doit se redresser, se relever, se soulever impérieusement puis courir encore.

Puis ce fut comme un vide, très calme, mais comme provisoire. Revinrent les couleurs, les mots des graffiti, avant que commence ce tournoiement lent. S'appuya contre la cloison, posa son front contre le mur jaune humide, laissant tomber les bras.

Se releva, sortir. Franchit. La porte de plastique et rentra, pendule. Cela avait duré. Il hésita, retourner à l'infirmerie, mais ça n'avait pas servi à grand-chose. La veille déjà, et l'avant-veille il y était allé, elles l'avaient fait chaque fois coucher une heure, reposez-vous avaient-elles dit, et signé un papier pour son chef. Non ça ne servait à rien leurs cachets, en tout cas ça ne lui avait pas servi à lui, ce qui tournait dans sa tête ne s'arrêtait pas pour si peu. Marchait, le hall qu'il lui fallait traverser entier, rejoindre tout au bout là-bas la croisée des allées. L'autre hall, le sien. Perpendiculaire, où il prendrait à gauche vers sa machine.

S'asseoir, son coin, être seul. Le bruit des moteurs, des pompes, peut-être fixerait, colmaterait la tourne. Il entendit, comme très loin, prononcer son nom, un appel. Puis répété, un appel oui. Et cela lui vint plus fort, son nom. Un cri presque, son nom le poursuivait. Identifia la voix, il s'arrêtait là d'ordinaire, causer un moment. Ce gars, un copain qui parlait bateau, un enragé croisières week-ends stages, celui-là avait toujours à dire il n'y avait qu'à l'écouter parler, raconter la mer. Aujourd'hui non, pas possible. Comment l'aurait-il pu, il ne lui fallait pas s'arrêter de marcher. Ne pas même regarder ni faire signe, il n'avait rien entendu, faire comme si. Pas même le eh qui résonnait, tendait vers lui pour l'entraîner en arrière. Non, sauf à s'effondrer, assurer l'inertie patiente de son pas. Ne pas tomber, éviter la chute, marcher droit.

Viser au loin l'extrémité du hall, jusque là-bas la croisée où il bifurquerait, rejoindrait son coin, sa machine, s'asseoir. Échapper en marchant à cela qui tournait. Vite parfois puis. Plus lentement et. Plus vite encore dans ce même sens toujours, comme un ballant franchissant de justesse chaque fois la culminance où il retombait. Un pas, un autre, stabiliser un centre loin, à hauteur des yeux, fixe dans la tourne. Ce point vague où la perspective joignait en pointe les lignes jaunes délimitant l'allée. L'allée à hauteur des yeux et que personne ne lui demande plus rien, attendre cinq heures il. Ne viendrait pas demain.

Arrêt, huit quinze jours, le toubib refusera pas. Et si celui-ci refuse il ira chez un autre, plutôt paumer les cinquante balles le premier aura lui paumé un client. Et il lui faudrait à nouveau prendre des trucs à faire dormir, la même ordonnance que d'habitude, une pour la grippe une pour la déprime il les connaissait avec même les variantes, par cœur. Aurait pu en faire collection. Sans oublier les vitamines pour se regonfler se requinquer, se réconcilier avec la vie quotidienne dirait le maître de l'art, reposez-vous bien. Et puis des trucs à faire dormir il en ficherait les trois quarts aux chiottes, ne pas oublier de le faire puisque vu que ça ferait son deuxième arrêt de l'année il n'y coupe pas d'un contrôle de la sécu, un contrôleur bien poli sympa qui entrerait louchant sur le pieu pas fait, les bouquins, demanderait à voir les boîtes, les vignettes, s'enquerrait de sa profession.

Reposez-vous bien dirait-il. Non, pas possible de revenir demain, continuer dans cet état. Depuis la première fois qu'il s'était évanoui, trois ans de ça, qu'on lui avait raconté ses crises, la nuit raide accroché aux montants du lit, une force paraît-il on ne pouvait le retenir quand il se cognait le crâne contre. Avant de retomber dans des soubresauts, des crampes. Il les sentait venir de loin, maintenant, les vertiges, éblouissements, les filées brillantes qui se multipliaient, ces effondrements vers la nuque comme de pans de sang, ou cette tentation d'un insistant balancement élastique fait d'inflexions lentes, la tête d'arrière en avant comme à se pencher toujours sur le monde là-devant tel un fond vide, ou ce temps de repos dont il lui avait fallu prendre l'habitude chaque fois qu'il se redressait un peu vite, le temps de laisser monter et se déperdre cette spirale et les points lumineux. Sans parler des migraines, ce coin sur l'œil gauche très lourd, qui s'annonçait dès le matin, pour des jours entiers. Mais il ne s'évanouissait plus.

Cette tourne seulement, comme l'infléchissement où les vertiges s'entretenaient désormais, entraient en résonance avec eux-mêmes, et plus fréquente, puisque la dernière fois quand. Deux mois même pas. N'avait pas voulu cette fois s'arrêter. Avait continué, malgré. Pris trois semaines de comprimés, calmants tension vitamines, mais sans lâcher la bécane, même si son rythme ordinaire la cadence en avait salement pâti. T'es mou, t'es bien mou de ce temps lui avait dit son chef, ou t'es point trop nerveux faudrait pas suivi du baratin habituel, lui l'avait moitié envoyé se faire foutre, ça en avait sérieux rafraîchi leurs rapports.

Un temps cela ne tourna plus. La barre jaune là-bas dans le travers du hall grondant vers lui. Il marcha sur elle sans ralentir, regardant la poutre, le pont roulant, le type loin là-bas, son tronc minuscule comme aux bras trop grands dans la cabine sur la droite. La charge sur l'allée transversale, l'autre travée donc, une chance. Pas à dévoyer ses pas. L'inertie préservée il avait vu. Un accident comme ça. Pas cette boîte-là, bien avant. La charge s'écraser, les élingues ont lâché, surcharge, c'était un élément entier de laminoir, la cage à rouleaux, en ce temps qu'il était monté jusque là-haut, la Fensch vallée cette chanson, Lavilliers qu'ils écoutaient sur le mini-cassette le soir dans la chambre d'hôtel, chantiers cassoulet sur camping-gaz la peur, son premier taf dans ces conditions, installer des éclairages sur un pont roulant en marche douze mètres du sol, haute tension à nu tête de mort sur les barres ne pas se pencher nicht hinauslehnen là-bas la lueur des fours. Ou ensuite au chalumeau dans cette tranchée sous le laminoir la flamme et les graisses incendiées, ce qu'on y respirait, pour déboulonner les blocs usés de fonte. Ou les marches, combien de kilomètres, pas moins de trois, depuis la gueule des hauts fourneaux jusqu'à l'usine à tubes on longeait des wagons de métal liquide, les fumées orange des convertisseurs les Bessemer, ou les vapeurs des bloomings, les brames comme des galettes plus loin à refroidir entassées et l'air trouble tout autour, l'acier traîtreusement sombre sous son oxydation mais qui répondait par des gerbes vives d'étincelles quand on le frôlait d'un coin de ferraille ou les boucles claquantes du laminoir, oui la peur quand sous les élingues usées les trente tonnes lui étaient tombées à quinze mètres à peine du bout du nez, ne pas stationner sous une charge, portez votre casque, elles avaient bonne mine leurs affiches de sécurité, et cette drôle d'allure des chefs se précipitant pour vérifier qu'il n'y avait personne dessous, la cage d'acier maintenant immobile de travers sur le sol, ce tremblement du béton écrasé le tremblement de tout. Le cœur graviers.

Ou quand au matin on lisait sur le panneau syndical l'avis avec les morts de la veille, Longwy. La poutre passa loin au-dessus de lui très haut, puis le hall comme vide, dégagé de cette avancée horizontale et large, la barre énorme du pont. La même peur pourtant dans ce flou, le prolongement trop immobile de

142

l'allée si longue avant ce point dont il faisait sa cible, où là-bas il lui faudrait bifurquer.

Perdue la perspective solide du pont où un temps il avait pu équilibrer la tourne, elle se refaisait, et lui marchait comme raide. Et le défilement à ses côtés des machines s'y prenait, se fondait dans la spirale où elles s'éloignaient dans l'indistinct. L'ordinaire en pointillés, les taches fortes de l'acier, des machines vertes et jaunes, malgré leur immobilité pesante lui les enlevait dans la spirale comme prises au tourbillon d'une saccade quand il les longeait. Ou jaillissait dans le flou de son crâne un détail cru, net et précis, agrandi jusqu'à la démesure, occupant l'entier du champ de sa vue, image éblouissante de l'infime, dans la proximité repoussante où cela se figeait un instant dans une fixité étrangement regardante, tandis que le reste du hall n'était plus que fond mouvant ou glauque.

Ce fut la tête mobile d'une fraiseuse, l'outil aux dents luisantes, affinées polies mates, tranchant dont la tourne centra la sienne puis, soudain en phase, l'accrocha et la régula, en prit le rythme, le fixa, immobile un temps comme un train que l'on dépasse la pièce que l'outil taillait, creusée nettement, dont il voyait se perdre dans le flou l'envol des copeaux cet outil le mordre comme ce qu'il rongeait puis la gerbe bleue, l'éclat d'un arc, un soudeur sur sa gauche, dont il ne pouvait se protéger, même pas détourner les yeux. Et l'Algérien qu'il vit une fois les yeux exorbités d'avoir soudé sans masque faute de place, les paupières rouges tendues, il n'avait pu les fermer depuis trois jours disait-il, ne rien changer à son pas malgré l'éclair insoutenable de l'arc, la brûlure bleue dont il percevait le grésillement si caractéristique et l'odeur, dans cette même précision nette, agrandie, l'ombre de la baguette dans la main gantée de l'homme, fluant la goutte rouge dans le centre du bleu. Viser l'allée par-delà le clignotement de toute chose. Il savait être vu, regardé, observé, savait comme sa marche devait être chargée de ce déséquilibre dont chaque pas ne le sauvait qu'à la limite de la chute.

Saccader le martèlement fixe de son pas comme d'échapper chaque pas à un risque su définitif. Rejoindre son coin, sa machine, s'asseoir. Attendre cinq heures, dormir, toubib. Peut-être les gars croyaient-ils qu'il tentait de camoufler un petit coup dans le nez, non sa maladresse fixe ne les tromperait pas, il n'avait rien du chaloupant, cette oscillation horizontale et capiteuse du vin. Il savait sa pâleur, au lieu de ce feu un peu ébloui sur les joues, des yeux rapprochés et brillants. Lui savait son vide extrême de sang. Le sang concentré dans ce poids anormal, la poitrine, la gorge et l'estomac un seul nœud, cette boule. Et le vertige qui dictait la chute comme une envie, rien de cette certitude confiante qu'assure jusqu'au bout le vin.

Le poids sur lui de leurs regards. Qu'il sentait se concentrer sur lui, se densifier, comme si chaque pas un peu plus de silhouettes bleues levaient sur lui les yeux, s'approchaient de l'allée pour l'observer. Poids sur lui du regard des autres qui était la trace exsangue sur son visage de la peur. Sur son passage se figeaient et s'épuisaient leurs mouvements, leur activité.

Comme d'instantanément les exclure en les enfermant dans la tourne, dès qu'il distinguait une tache bleue.

Et lui devenait le radiant de ces regards le désignant, les liait à lui comme de les percer de traits, d'en tisser la tourne comme de rayons très souples. Leurs silhouettes alors figées, pesantes, ainsi qu'arbres décharnés, pointes dressées dans le champ dénudé de sa vue, statues éparpillées au fil du vent de sa marche elles s'éclataient dans le fond inconnu de la tourne sous les taches vertes et jaunes des machines, dans le clignotement d'une dernière lueur, comme s'ils le regardaient encore, depuis l'abîme derrière son pas. Sensation moite et trouble où le cercle martelé de son pas les disloquait jusqu'à l'infini où devaient se rejoindre dans l'obscur hommes et choses, et son pas s'y rythmait comme d'organiser les bruits qu'il percevait encore, persistant même après qu'il les avait vaincus, meules, moteurs, marteaux, mais étaient devenus comme une rumeur confuse de voix, toutes accusatrices.

S'appuyer sur cette distension derrière lui infinie, la fuir sans qu'eux puissent le retenir. Mais ne s'appuyait que sur le vide, sauf en cet instant de pure renverse où, après la saccade de leur émergence, les silhouettes s'immobilisaient avant d'être saisies et repoussées dans l'abîme flou. La peur que leurs regards l'atteignent, sur son visage se harponnent, qu'il ne puisse alors s'en déprendre même s'ils ne portaient qu'une aide multiple, qu'ils fussent prêts à l'accueillir.

Se défendre de tout refuge, les abandonner, rejoindre son coin sa machine, se concentrer sur l'intersection là-bas, déjà plus proche maintenant. Les bandes jaunes ne se croisaient plus tout à fait dans un cône, ne lui délivraient plus qu'une sorte de rail. Et devant lui le centre absent du cercle de la tourne, délivré de l'ancienne pointe, ouvrait un silence où aurait pu lever, s'il parvenait à ce centre, un sens plus frais et très neuf, où il pourrait s'appuyer, où la tranquillité enfin payerait sa marche.

Alors reprendre confiance, recouvrer la décision du pas, un pied, puis l'autre. Plus fermement maintenant c'était sa volonté qui repoussait silhouettes et taches dans le pourtour de la tourne, se l'était appropriée, en avait fait sa force propre. Traversait alors la section des peintres. Les silhouettes sans regard, comme un halo très blanc jusqu'à la casquette. Se mit à rire de les identifier si facilement, et l'odeur si évocatrice du neuf, irait jusqu'aux éclats de la reluisance ici de toute chose. Et la tourne plutôt que de les arracher pouvait se suffire pour l'en délivrer de les frôler, les caresser mollement, glisser sans s'y mouiller sur les peintures fraîches. Cela un instant devint presque confortable : la tourne retomba, simple ballant oscillant en se ralentissant, amorti, et s'il n'avait pas dû porter une si grande attention à la régularité mécanique de son pas il eût pu esquisser comme une danse.

Approchait de la croisée des allées, ne cessant, pour s'aider, de le répéter, que là-bas il lui faudrait prendre à gauche, la machine sa chaise, s'asseoir enfin, cinq heures, demain. Les bandes jaunes s'interrompaient,

dessinaient sur le sol une croix vaste et perdu le rail
plus rien ne fixait stabilisait ce ballant ralenti. Cette
croix comme s'il lui fallait s'y plonger. La peur un
instant évacuée avait là-bas investi ce plan où il ne
décelait plus nul centre, la peur était là-bas un écran
et il sut que l'atteignant il s'en recouvrirait à nouveau,
ainsi que d'une pellicule et si fine mais. Son regard,
déperdu le centre, tentative hagarde, balayant vainement cette surface lisse, y glissant, rebondissant d'une
zone floue à l'autre de cet écran vaste et traversé au
sol des branches en croix. Son regard sans ancre.
Décrocha du sol, plus loin il n'y avait que le mur. Ce
type qui poursuivi court, court et s'enfonçant dans
une impasse court encore, au dernier moment baisse
seulement la tête le mur est blanc mais c'était dans
un livre.

Et la tourne prise à cette zone lisse s'était refaite.
N'avait plus que cette confiance en la durée, espérer
que tout demeure inchangé par-delà la perte qu'il en
subissait. Le sol sans doute, solide sous ses pas,
rebondissant presque. Résister à cette envie brusque
de s'y étendre, enfin se laisser aller, là se coucher et
malgré le cambouis rafraîchir son front en le pressant
contre le ciment, ses bras étendus en auraient
reconnu le ferme et le droit de toute leur longueur.
S'y serait agrippé des ongles et c'est le sol entier de
l'usine et ses halls qui auraient oscillé sur l'axe de
son corps, auraient d'abord tangué avant de basculer,
l'usine sans ciel, tout enfin n'aurait plus été qu'attente
pacifiée, comme à finir alors dans le tourbillon de la
tourne, qui ayant rejoint les choses aurait pu sans

crainte se refermer infiniment sur elle-même, éblouie de son étendue.

Non, il irait à sa machine. Au bord de se laisser glisser avait enfin accroché un repère, la ligne sombre d'une silhouette. Face à lui. Là-bas précisément elle marquait où il lui fallait bifurquer. Seule et centrale dans l'obscur espace de sa vue inondée, il pouvait en faire sa visée. Et le ballant sembla se visser sur cette ligne imaginaire qu'il tendait de son regard à l'ombre ovale, et sur ce fil la tourne devint vrille, et le trait d'entre son regard et l'ombre encore sans regard devint l'axe certain d'un cercle immensément plan, sans limite dans les murs déployés de l'usine. Une cible qu'épousait la tourne en s'y vrillant. Et la proximité grandissante dévoilait peu à peu dans l'ombre un visage indistinct. Et entendait les bruits secs d'une mécanique engrenée claquante, très vive. Dans l'ombre il savait cette silhouette et devinait la tache plus claire d'une peau. Et le cercle enflait cette tache floue et la distendait dans la tourne, une sensation blême. Et la transperçait de la ligne tendue où il pointait la corde de ses pas.

S'aperçut comment sa main s'était refermée sur son ancienne blessure, son poignet gauche dans les doigts de la main droite en conque, la conque douce de sa main pour épouser les os du poignet, le pouce appuyait doucement sur la peau, la peau sans pilosité, l'intérieur doux de l'avant-bras avec les veines bleu pâle. Mais ne retenait que ce lambeau déchiré, épais, tentait d'empêcher de s'ouvrir la peau tranchée en maintenant par son pouce fermement pressé les bords refermés de la plaie creusée dans son poignet, incision sèche, sans qu'il souffre, comme de ne s'en être aperçu qu'après, et le sang s'en écoulait par jets fiers de leur pulsion généreuse, le pouls battait par ce sang qui débordait. Le hall alors pareillement traversé, puis une chaise de fer où il lui avait fallu attendre, et que malgré un torchon dont on l'avait muni il n'avait pu empêcher le sang de dégoutter à terre en tache large, puis une autre chaise dans une salle blanche, et devant lui l'homme en blouse pareillement blanche versait du goulot d'une bouteille cela brûlait puis lui enleva les doigts, et les doigts de la main droite qui s'étaient crispés sur son poignet l'homme dut lui déplier et déjà éloignés les doigts avaient eu encore ce geste de se refermer, un appel. Et assis l'un face à l'autre leurs genoux se touchaient, il avait piqué, lui expliquant, d'une seringue qu'il avait d'abord emplie et dont il avait chassé l'air en la levant entre leurs yeux, et piquait point après point dans la peau qui se boursouflait, prenait une étrange couleur jaune striée de rouge aux bords gonflés rigides. Puis dans son poignet traversé les passées d'une aiguille tirant du fil noir, l'homme les nouait la plaie s'était refermée, les deux pans rabattus en bourrelet sous cette arête crénelée entre les nœuds, et l'acier traversant sa chair le laissait passif et insensible jusqu'à la complaisance, il regardait avec attention s'enfiler l'aiguille et se suivre les tractions. Avait alors acquis la certitude que toute douleur pourrait toujours aussi facilement se maîtriser. Enfin le toubib sectionna ce qui dépassait des nœuds et cela claquait, étirant la peau, les chutes du fil noir étaient tombées sur le carrelage dans les gouttes dispersées du sang, non ce n'est pas sale nous avons l'habitude avait-il dit puisque lui s'excusait.

Quand il se redressa, son bras sous la tache blanche du pansement, et le trait dans le milieu de la tourne perçait pareillement la peau face à lui de l'autre, il ne pouvait être que pareillement insensible, quoi, il en était si près, mais pourquoi si rigide et immobile, et ce cône épointé comme la seringue entrevue, ce cône clair finissant noir dans une brillance terne inégale, puis le claquement d'un halo ce n'était qu'un crayon dans la poche d'une blouse grise, rejeta vivement la tête en arrière et surpris de ce mouvement brusque le vertige l'inonda d'un flot rouge, comme une de ces immenses chutes qu'on fait dans les rêves tout s'était à nouveau dissous dans les formes vagues d'une bouche entrouverte et c'était devant une main, puis une forme allongée épaisse et jaune il s'y fit une lueur, un simple point rouge plus vif avant que tout s'efface dans une fumée, reconnaissant alors derrière la cigarette maïs ce bonhomme un peu desséché, les cheveux jaunes éternellement tirés vers l'arrière, d'ailleurs près du crayon dépasse de la poche un peigne, lui pensa sale comme un peigne, ce type en blouse grise, un contremaître du secteur voisin du sien, sa cahute est là, cette cage vitrée à l'angle des allées, ses ouvriers à gratter autour. Il est souvent planté là, en ce mitan, la gitane au bec à pendre avec des airs d'importance, il a sa réputation le bonhomme justement à cause des crayons, puisque quand ses gars viennent lui demander crayon ou gomme

150

neufs, c'est toujours son crayon ou sa gomme usagés à lui qu'il leur offre avant de s'en reprendre pour lui des vraiment neufs dans sa réserve sous clé, encore autrefois n'en distribuait-il que des moitiés qu'il avait retaillées lui-même, jusqu'à ce que les gars, disait la légende, lui aient déposé pendant un mois sur sa table chaque matin un bic cassé en deux, lui d'ailleurs il s'en faisait un plaisir depuis sa bécane de l'observer, cette vieille teigne, qui à chaque fois qu'un gars avait à faire signer un bon de travail quelconque et c'est pas ce qui manque, les fait attendre autant qu'il le peut avant de s'en faire suivre jusqu'à son burlingue où il chaussait ses lunettes double foyer, faire durer objecter il n'avait que ça à foutre, et cancaner, rapporter, toujours là planté dans son milieu d'allée. Mais soudain si proche le visage jaunasse du type, tellement rapproché soudain qu'il lui sembla que l'autre en pâlissait, ouvrant la bouche et levant inégalement les sourcils, la stupéfaction encore étouffée par les prérogatives de l'autorité, mais ne s'enlevait pas de son chemin, il n'avait pas compris le bonhomme que lui ne pouvait se détourner, et que là précisément où était fichu le bonhomme c'est là que lui devait bifurquer pour rejoindre l'autre allée, sa machine, le vieux ne bougeait pas, ne reculait pas, leurs yeux se rencontrèrent et comme s'il n'en finissait plus de pâlir le blanc couvrit l'entier du cercle dont le centre n'était plus que l'étroite ombre où lui saisissait encore le regard de l'autre, et tout n'était plus que cet immense plan blanc que trouaient les yeux de l'autre, et là il le savait était ce centre où il lui faudrait bifurquer, quand il surprit dans ce masque de plâtre, face à lui, un battement, et ce clignement bref se livra à lui comme un battement d'effroi. Il sut que sa peur s'était réfugiée là : que là face à lui si proche, mais étrangère, était sa peur, ce trou central dans le cercle ébloui du blanc. Sa peur hors de lui. Alors il cogna.

D'un coup. Et rien ne tournait plus, ce fut un calme, puis perçut les bruits alentour s'éloigner s'évanouir et ce fut une lenteur, la très paisible remontée de ses mains et jeux bleus des ombres de partout qui venaient et lui tendaient leurs mains, le touchaient et plus n'était besoin d'aucun équilibre, les mains l'avaient rejoint. Il en vit très près une noire avec une alliance jaune, reconnut l'odeur habituelle de mécanique, elle se posa sur son front et plus n'était besoin d'aucun équilibre il laissait aller entre leurs mains multiples son corps.

Et le silence était vaste et lent.

Puis ce redevint plus vif. Mais l'étrangeté ou la distance de tout lui était définitivement acquise. Plus rien ne l'atteignait qu'il voyait pourtant si proche. Cela se déroulait. Simplement.

Et c'était très loin ailleurs que l'homme en face se dressait dans sa blouse grise et bien plus haut que lui sous les cheveux jaunes de l'autre il vit que ses yeux étaient noirs, qu'il y avait du sang. Mais que toute lueur en était absente. La peur qu'il avait surprise dans le battement de ce regard il l'avait donc éteinte, tuée. Plus peur, pas peur. La peur enlevée, loin, ailleurs. Et vit la rotation du bras se levant et reconnut que c'était un marteau. La masse en était bleue émaillée, sur le manche de bois où en noir étaient gravées comme sur tous leurs marteaux les lettres du nom de la boîte. Et vit la masse bleue devenir la ligne d'une trajectoire, puis un entremêlement de mains et des silhouettes en bleu il entendit des cris, et puis là-bas la blouse grise comme renversée mais semblait se débattre agitée dans l'élan divisé des couleurs. Contre sa tempe sentit un choc, une flamme, et revint de derrière lui la résonance brûlante du marteau rebondissant sur l'acier des machines et cela rebondit longtemps. Comme par vagues multipliées à l'infini dans leurs échos clairs. Ne s'étonnait de rien. Entendit le type en blouse grise qui cria comme on rugit au milieu des blouses bleues laissez-moi me le faire, et lui alors commença patiemment de répéter ces mots, qui lui venaient très tranquillement, puisqu'il n'avait plus peur : *laisse le possible à ceux qui l'aiment.* Et les leur répétait, et savait leur confiance et qu'ils l'écouteraient puis ne se souvint plus de rien, sauf de cette tranquillité où il continuait de répéter toujours ces mots, il sentit qu'on l'emmenait.

Comprit l'hôpital. Et qu'ils ne le garderaient pas. C'est du repos lui dit-on, seulement du repos. Puis enfin sa chambre et c'était le soir il entendait dans la rue la nuit, et comprenait la nuit comme très proche, presque intime et qui semblait l'attendre. Alors seul maintenant, étendu sur son lit dans le désordre habituel. Et là-haut en angle voyait ses livres comme des reflets quand passaient en bas les phares. Se leva et tira le rideau. Puis s'allongea à nouveau. Et c'était bientôt le matin. Prit dans l'entrée sur l'étagère sa caisse à bricoles, en sortit une bobine de fil électrique, piquée autrefois à la boîte ça peut servir. Du bon câble souple dans une gaine de plastique rouge. Cela sentait encore le neuf. En éprouva sur son poing fermé l'élasticité et la résistance. Cela conviendrait.

Tombeau humide mais vaste suffisamment, très rectangulaire, recouvert de deux dalles laissant entre elles une fente, de deux doigts large, pas plus. Ce tombeau est mien et pourtant vide. J'en ai vu malgré l'obscurité l'intérieur, une terre noire, mais très lisse, suintante.

Et je ne peux m'en éloigner. J'en explore l'alentour sans pouvoir un instant seulement en détacher le regard, comme si le seul recours dont ici je puisse disposer était de multiplier vers la tombe vide les possibilités ou les circonstances du regard, depuis la

154

proximité immédiate, l'œil plaqué contre la fente de marbre, jusque l'éloignement, que limite toutefois la forêt environnante. C'est une clairière en somme, grossièrement circulaire, à l'herbe rase. Mais pas une herbe d'ici. Une herbe grise, friable si l'on veut s'en saisir, papier brûlé un peu.

Si mes pas ne l'abîment ou ne l'écrasent, c'est que mon corps est sans poids. Diaphane et flavescent au regard, sans limite définie, un flou, au toucher. Mais corps pourtant, bien habituel, hors ces sensations déplacées, lieu indiscutable de ce que je suis, de mes décisions comme de la faculté de percevoir, par exemple ce froid un peu humide, ou bien ces couleurs grises, contrastées variées, mais grises toutes.

Corps certain, puisque ici je questionne, efficacement je cherche approchant, m'éloignant, tournant, scrutant de la fente à la forêt cette étendue lisse plantée en son centre de cette plaque au ras du sol, couvrant un vide. Deux dalles carrées juxtaposées, aux arêtes bien nettes, séparées par cette fente où, à la lumière terne de la voûte, pas vraiment un ciel malgré son infinité apparente (il ne peut s'agir d'un ciel couvert, par exemple), lumière dure et comme sans ombre, je peux voir, obscurément mais sans aucune imprécision, la cavité anguleuse dans la terre noire suintante.

Aucun mystère, mais c'est vainement que j'essaye de comprendre. Pourquoi cela, si matériel et si simple – dalles, clairière, trou –, s'est isolé de toute trace de son travail et de son rôle, pourquoi cela m'entoure et m'oblige, me lie. Ne s'est manifestement constitué que pour moi, mais sans m'attendre pour autant, puisque, venu, je ne puis rien, ni faire ni fuir, ni transformer ni comprendre.

Tenter d'y pénétrer je l'ai fait. Mais sans parvenir à déplacer les dalles, ouvrir le trou pour une exploration plus concrète de la cavité, quelque simple soit son apparence : pas de boyau caché ni fausse paroi, la terre creusée, et rien d'autre. Impossible de remuer le marbre, mon corps, sans son poids, ne dispose pas de force, s'installe, se pose contre la pierre, s'y presse comme s'il était infiniment malléable, sans pourtant que cela s'accompagne de variation véritable de sa forme ou de sa compacité. Pourtant je l'ai tenté, malgré le risque perçu, encouru lors d'une telle violation.

Je n'ai pas réussi non plus à camoufler les dalles. Partiellement bien sûr. Mais la fente et ses bords, rien à faire. L'herbe est trop légère, trop friable. C'est là comme un souffle qu'il y aurait, très tranquille, régulier, sans que puisse se sentir un mouvement d'air, mais qui suffit à chasser les brins d'herbe, si légers, lentement. Et explique sans doute l'odeur d'humidité, ou ce froid alentour de la fente. Puis qu'importe, ce camouflage n'aurait pu être qu'un répit, bien inefficace au fond. On ne camoufle pas longtemps ce qui est. Au plus y aurais-je gagné la possibilité d'un détour, quitter peut-être des yeux un moment, un moment seulement, la fente alors dissimulée, faute de pouvoir m'en éloigner. Tâcher d'embrasser plus globalement la clairière, voir tout cela peut-être différemment, mais qu'y gagnerais-je vraiment, tout ici est si simple, si ordinaire.

156

Non pas que cela me gêne, cette situation, que je ne m'en accommode pas, ou que je manque de patience. Il y a sans doute, dans la solitude de ces forêts, bien d'autres lieux irrévélés, simplement demeurés hors des pas, par hasard seulement. Mais cette tombe, même si son existence précédait ma venue, n'appelait personne d'autre, s'il en est passé rien ne les aura retenus, peut-être même n'auront-ils tout bonnement rien vu.

Il y a quelque chose ici que je ne sais pas encore et qu'il me faut attendre. Peut-être y a-t-il danger, et que l'importance que j'accorde à tout cela ne tient qu'à ma propre peur. Mais la situation viendra sans doute à changer et, sans me séparer de cela dont rien ne pourra plus m'éloigner, résoudra cette attente. Rien de cela ne dépend de moi, qui exige pourtant clairement, sans compromis, mon activité incessante. Cela qui m'est déjà tout à la fois intime, indissociable, et dehors, infiniment dehors et autonome : ce trou dans la terre, si simple et visible par la fente qui sépare les dalles.

En dehors des heures de pointe, avec la voiture que j'avais empruntée, c'est vingt minutes à peine qu'il m'avait fallu, contre quarante-cinq autrefois en métro train. Sans doute je n'attendais qu'un prétexte, qui m'y aurait mené comme malgré moi. Il n'en venait pas, alors j'y étais allé délibérément, un peu comme on plonge.

Retrouver la rue, les murs, ainsi qu'en miniature. C'était bien comme avant, et pourtant différent : comme d'avoir imaginé tout cela plus grand, plus disparate. Comme si je ne décelais mon souvenir que par-derrière ce que maintenant j'embrassais d'un seul coup d'œil. L'impression d'un double, à laquelle je me confrontais. Ou à la lecture de traces, si proches puisque je les foulais, et si distantes cependant, puisque l'expérience en était brisée. Quelques transformations, l'usine d'en face avait abattu le haut de son mur, arrangé un peu de verdure. La petite rue du coup en était moins désolée, moins sombre, guillerette presque. La mienne d'usine n'avait pas suivi le mouvement : les murs subsistaient, hauts et noirs, avec les tessons de verre à dépasser sur la bande grise de ciment qui les surplombait.

Il m'avait fallu, pour inciser l'écran que tissait autour de moi cette sensation du double, stationner, marcher. S'aider, contre l'irréelle sensation de déjà vu qui voilait les choses, de la lourdeur du sol, goudron, trottoirs. J'avais lentement fait le tour de l'usine. L'enfilade de la petite rue débouchant sur le quai. J'étais passé devant le portail, sans trop marquer l'insistance avec laquelle j'examinais l'intérieur aperçu. Les gardiens, la cour avec ce trou noir de la réception marchandises, ses empilements inchangés de ferrailles. Quelques gars s'y remuaient, qui déchargeaient un camion. Et des peintres, à retaper le portail, le rafraîchir d'un vert aussi sombre que l'ancien, sur la couche neuve de minium.

Sans s'attarder. Ne pas être reconnu. Suffisamment étrange ce devait être, quelqu'un qui passe ainsi, en pleine journée, sans autre motif apparent que de flâner, au long de murs si anonymes. Puis au quai je bifurquai à droite pour longer la façade abondamment vitrée mais opaque, sur ce trottoir large de bitume rose. Je me retrouvais en situation semblable à celle du premier jour, envoyé dans la solitude d'un après-midi de semaine par la boîte d'intérim, quand, fraîchement débarqué à Paris, j'avais bêtement demandé dans quelle banlieue se trouvait cette gare où on m'expédiait.

Se cacher, j'eus le réflexe de me cacher. Ne pas se faire voir en marchant à découvert sous les vitres fumées des bureaux à l'étage. Ces messieurs qui devaient bien se rappeler de moi, puisqu'ils m'avaient convoqué après ma démission : n'agissez-vous pas en coup de tête, n'hésitez donc pas si vous voulez reprendre votre lettre, est-ce une question d'augmentation vous n'avez pourtant pas à vous plaindre, d'autres plus anciens que vous, ou vous êtes jeune, le travail marche bien nous sommes contents de vous, bref le grand jeu du charme, ils étaient restés, les messieurs, sur la conviction que j'avais trouvé mieux ailleurs. Après je n'avais plus entendu parler de rien, on ne m'avait certes pas couru après. Jusqu'à ce que je sois appelé chez le caissier une heure avant la sortie, le dernier jour du préavis, alors que j'avais dès le matin rendu la caisse à clous, toute une affaire à cause d'un tournevis, quelques tarauds plus un jeton de magasin qui lui manquaient. J'avais le midi payé mon pot.

Pour éviter les bureaux je changeai de trottoir, gagnant l'ombre des arbres sur le bord du fleuve lascif, très calme. J'avais traînassé, suivant la performance sinueuse d'un pousseur, cinq péniches de charbon, sous les masses inchangées, grises, des tours là-bas. Banlieues. M'étais éloigné des murs de l'usine, avais fait le tour du pâté de maison sans maisons, n'en saisissant plus que des aperçus partiels entre d'autres toits, y décelant le souvenir de la géométrie des halls, dévoilant les strates successives de sa construction, greffes et ajouts de cubes de brique ou rectangles de tôle ondulée et verrières.

Enfin j'étais lentement revenu vers elle, par l'arrière, la voie parallèle au quai rejoignant la petite rue au coin de ce troquet plat du jour couscous le mardi paëlla le jeudi, pimpant sous sa banderole changement de propriétaire. Là surprise : le portail donnant sur cette rue de derrière. Une entrée que j'avais tout simplement oubliée. Ne l'avais fait intervenir dans aucun récit où elle aurait pourtant logiquement trouvé place et même levé quelques ambiguïtés de détail, c'est par ici que partaient toutes les expéditions. Une cour cimentée, plus étroite que celle de l'entrée. Sur la gauche une sorte de guérite vitrée, occupée par un gardien seul. Contre le mur le coin dépotoir, l'allée grillagée des récups. Avant le hall ce petit bâtiment qui le prolongeait, avait mordu sur la cour initiale, encadrait symétriquement l'ouverture, avec à gauche le service expédition, à droite l'entretien. Mais par-delà c'est le rideau qui fermait le grand hall que je découvrais ouvert à plein sur le dehors à cause du beau temps, et l'entière vue du hall m'était offerte.

Quelque chose de circulaire, un fourmillement des signes. Le bleu et le vert des machines. Le pont roulant en mouvement là-haut, la barre jaune horizontale de sa poutre. Et le centre focal où se dissolvait mon regard, à la croisée des allées, où celle-ci que je regardais rencontrait sa perpendiculaire, débouchant sur l'autre entrée, vestiaire et petite rue. Leurs silhouettes bleues, points mobiles dans le fixe des taches aux contours indistincts, orchestrées par l'architecture des charpentes en portiques, leurs poteaux réguliers.

Silhouettes qui débouchaient comme d'une saccade dans la bande délimitée de l'allée au sol noir, puis en disparaissaient. Parfois, la longeaient en partie, venant vers moi ou s'éloignant sans que je distingue aucun visage, sans me permettre d'en reconnaître aucun à l'attitude ou au pas. Leur vie inchangée. Le haut du pavé, milieu de l'allée, tenu par trois blouses grises, de front, allant lentement et causant, les mains derrière le dos. Je reconnus tout de même mon ancien chef, qui traversa pressé, à cette manière qu'il avait en marchant de retourner les paumes vers l'arrière et de se voûter comme d'anticiper sur la réputation de fonceur qui lui avait valu ses promotions successives.

Cela qui jamais ne m'avait été ainsi visible lorsque j'y travaillais encore. Ne m'était visible que parce que je m'en étais bien sorti, plus que dehors. D'abord autrefois je n'avais jamais eu l'occasion de venir ici, me placer dans cette perspective. Tout au plus avais-je été à l'expédition porter un colis, ou mener sur le transpalette quelque bidon au dépotoir. Et même, passé devant cette entrée alors que le rideau était ouvert, je n'aurais pas perçu ce fourmillement indistinct : sa proximité au présent de l'usine aurait reconstitué pour lui chaque signe, et chaque attitude entrevue aurait associé un nom, un visage, à la silhouette anonyme. J'eus reconnu chacun, chaque machine, aussi facilement qu'aujourd'hui je distinguais le pont roulant.

Leur affairement neutre, tableau d'incessants déplacements comme s'il se fût agi d'insectes, comme le fond d'une fosse aux bords trop profonds pour qu'il se risque à y plonger. Leur agitation là-bas qui amenait à la bouche ce même goût de laine âcre qui autrefois accompagnait les vertiges. Un appel à s'y effondrer. Retrouver la nécessité, l'explication de leurs déplacements, leur affairement comme mus d'une perpétuelle urgence, où moi je ne comprenais plus rien : l'usine comme une évidence sur elle-même enclose.

Ce rideau largement ouvert : me souvins qu'un hiver le mécanisme s'en était bloqué, moins de quatorze on débraye avait dit le délégué jusqu'à ce que les chefs leur distribuent des gilets en peau de mouton sortis d'on ne sait où, les ressources et la bonté cachées de la boîte étaient infinies, ils avaient repris doucement en attendant que ceux de l'entretien remettent le bazar en ordre.

Je situais très bien mon ancienne place là-bas, au milieu environ sur la gauche. Jamais je n'avais bossé ailleurs que sur ces cinq mètres. Le point d'où j'avais implicitement ordonné tous les déplacements, figures, positions narratives. Comme si je n'eus pu qu'y être encore, et que cet emplacement en soi si banal, environné des machines, du ciment des murs et du sol, marqué plus précisément par le poteau de charpente où s'appuyait mon établi, m'ait été aussi intime et étranger que m'était mon je d'alors.

Place qu'à trente mètres près je ne pouvais rejoindre, le gardien veillait. Quand je savais pourtant découvrir ici la résistance qui m'avait tant fait différer mon retour. Comme si rejoindre ce lieu là-bas eût été joindre ce double qui m'y avait guidé, me déperdre de cette distance avec moi-même qui était le malaise où écrire. Lieu vide de cette ancienne place où j'avais obstinément dirigé chacun de ces il comme autant de forces qui se seraient chacune révélées, l'une après l'autre, impuissantes. Autant de vaisseaux qui y auraient sombré, parfois laissant flotter ces quelques épaves dont j'avais composé la constellation de mon texte. Autant de figures dont chacune en serait parvenue au plus proche, mais toujours séparée encore, là où se brisait le récit, et dont ce qui avait survécu était la dernière main désignant là-bas la place vide.

Se fondre avec là-bas mon absence. Je ne disposais d'aucun pouvoir pour à distance commander et diriger ces silhouettes que j'y apercevais, pas plus que je n'en avais disposé sur aucune de ces figures que les récits avaient fait tendre vers mon ancienne place.

Comme là-bas une trace chaude encore, palpable et presque vivante, et receleuse d'une vérité dont je savais le caractère définitif. Qui, ne disant que cela, disait au moins cela : que telle était la vérité recherchée. Mais dont je restais désespérément isolé.

Trente mètres qu'il m'était impossible de franchir. Et les eus-je franchis, je savais comme étant encore de la teneur même de cette vérité que la distance ne s'en serait qu'accrue, jusqu'à devenir démesurée lorsque j'avais atteint la proximité immédiate, la lisière du toucher. Que dans cette infinie proximité de la place ancienne, la distance se serait déployée sans doute vers le passé inaccessible et m'aurait prouvé la réalité banale de mon absence. J'aurais essayé de m'y maintenir, me serais dissimulé dans le banal des tâches qu'ils avaient continué d'assurer. Aucun doute qu'ils ne m'eussent très simplement accueilli, m'auraient laissé prendre une pièce, une lime un étau, travailler. Le chef aurait téléphoné aux bureaux, qui n'étaient pas au courant. Mais avaient rappelé presque aussitôt, et donné le feu vert. Comment, s'il est là, revenu, c'est qu'il en a certainement reçu l'ordre, nous retrouverons bien, ou peut-être une note de service est partie déjà. Le chef alors aurait organisé mon travail, m'aurait inséré dans une équipe. J'aurais retrouvé, dans une caisse, sous un tas de bric-à-brac, quelques bricoles qui m'appartenaient autrefois. On aurait mis auprès de moi un apprenti. Sans doute autant pour me fournir une aide que pour savoir ce qu'il en était réellement de mes intentions. Alors je me serais fait l'arpenteur ou le géomètre obstiné de cette évidence des choses, l'aurais explorée, touchée, aurais retrouvé certainement mille sensations au contact d'un outil autrefois familier, le froid inchangé de l'acier. Aurais promené mon doigt sur leurs angles, caressé comme autrefois de la main les pièces, palpé leur tourne pour en savoir le faux-rond.

Et se rajoutait à tout ça le mêlé des histoires oubliées, plus poisseuses que leur lieu : celle de Robert le retraité qui, parce qu'il n'avait pu décrocher sa complémentaire, dans la jambe de force de son ultime vérin oublia une clé de vingt-deux, comme un chirurgien laisse par vengeance une éponge dans les boyaux d'un patient. Ou la distribution des fiches de paye, tous dos tournés, honteux des avantages crus personnels, élèves redoutant la copie du voisin. Oui, poisseux comme ces chats coupés, nourris dans les ateliers et dont j'apercevais certains, en ayant oublié déjà l'existence.

Combien d'années avant l'usine, et par quel hasard, j'avais lu le Château sans rien y reconnaître d'une vérité de l'expérience à venir ? Comme si cela seulement m'avait plus tard sauvé de l'enfermement dans cette réalité close, tout en se réservant de ne dévoiler ce sauvetage que si longtemps après, obscur venant au jour dans son obscurité préservée, dans l'usine devenue métaphore. Écrire n'aurait donc pas été atteindre le Château de cette vérité pourtant là, pourtant promise. Si j'avais pu quitter l'usine, échapper d'où l'usine tolère et enclôt soigneusement en elle ce qui en elle s'affronte à ses lois, c'est d'avoir autrefois, aveuglément, vécu l'usine comme si j'en étais encore à lire Kafka. Et tout m'apparaissait désormais comme une construction : s'accomplissait enfin la renverse qui basculait l'écriture de l'usine en l'usine comme écriture.

Jusqu'à ce gardien, qui veillait à l'interdit de pénétrer. Qui certes ne protégeait que la loi dérisoire de la marchandise, n'aurait tenu que le discours étroit de leur propriété, mais disposait, arme au flanc, du droit de mort sur celui qui, tentant de lui expliquer avec amitié comme quoi il n'en voulait aucunement à ces marchandises, mais à autre chose qui ne lui était que propre et intime à lui, visiteur, ne l'aurait concerné que lui, en sa subjectivité au plus fragile, cette certitude d'une vérité le concernant au corps, de la façon la plus urgente, le lui aurait expliqué sans trouble, en lui offrant une cigarette, se faisant reconnaître comme ancien collègue, se serait glissé à travers le portail vers la large entrée du hall.

Un bon gardien, sachant ostensiblement insister, depuis sa cahute, sur sa réprobation, considérait comme de ses prérogatives de protéger l'usine des regards même, hérissé contre cet intrus là déjà depuis trop longtemps, et pris de cette sorte d'oscillation sans doute un peu louche à se pencher sur l'usine comme en montagne on le ferait avec précaution sur le bord d'un précipice. Il fallait, bien entendu, que le gardien finisse par sortir et se plante sur le milieu du rail, une main sur la hanche et casquette rabattue sur l'œil. Et pas un de ceux que je connaissais autrefois, des gendarmes en retraite, non, le genre moderne, dresseur de chien.

Et les bruits dont je percevais la rumeur, s'emplissant ou s'affaiblissant en chaque instant mais comme retenue, close elle aussi, enfouie dans le hall qui n'en laissait filtrer que cette réserve. Ne perçaient que quelques tintements sur l'acier, le klaxon d'un fenwick, un appel parfois, et le grondement du pont, très perceptibles sur le fond de cette rumeur avec laquelle je ne pouvais me décider à rompre, comme si elle eût été chargée de mon ancienne intimité d'avec la vie du hall, et n'était qu'un mêlé grave, les voix d'une foule entendue de loin, au travers d'un écho assourdi, m'appelant cependant très proche. Vous désirez avait enfin, rogue, lâché le gardien, la rue est à tout le monde que je sache avais-je trouvé l'impudence de répondre avant de m'éloigner, j'en avais vu de toute façon autant qu'il m'était possible de voir.

Mais cette aventure alors, maintenant que je descendais la petite rue pour rejoindre mon auto : la débauche. Pris sans recours dans le flot contraire des gars. Le temps avait filé plus vite que je ne l'avais pensé. Les autres ateliers sortaient plus tôt que ceux du hall. Et puis ils avaient dû enfin obtenir leur horaire à la carte. Rien n'était déjà plus tout à fait comme de mon temps. Impuissant dans ma marche à ne pas les rencontrer, les croiser un par un face à face, dans ce contresens que j'incarnais.

Eux que tous je reconnus. Et eux me reconnaissaient pareillement, certains me saluèrent. Ne dus de pouvoir éviter toute conversation qu'à cet instant dont ils avaient besoin pour me remettre, me resituer, non pas exactement sans doute, mais au moins comme gueule connue. Cette chance toutefois de ne pas tomber sur les anciens copains. Mais ce poids sur moi soudain des visages, des fatigues. Engoncés tous dans ce qui m'apparaissait un vieillissement hors de la mesure, exagéré. Et l'air benaise qu'ils avaient avec ça. Joie tranquille. La débauche les soulageait de leur usure. C'est le meilleur moment de la journée, moi-même l'avais autrefois assez souvent répété. Moi aussi avais accepté la fatigue, les jambes lourdes des huit heures à piétiner sur place, le visage abîmé ne pas tolérer le bouffissement du sien les cernes mais.

Cette joie sur ce gouffre.

Calmement insouciants, misère du quotidien, quand ils s'asseyaient au volant des voitures changées récemment, c'était manifeste, laissant un temps avant d'en refermer la porte. Et c'était cela la marque même de ce que j'avais cherché à dire comme étant l'insupportable, la catastrophe ?

Ce qui pourrait être différent n'a pas encore commencé, pensai-je.

Trop de lumière ici : débouchant sur le quai, la tache rouge polarisée par les fumées, le brouillard couvercle c'est Paris, le lourd soleil d'août m'obligea à cligner quelques secondes. Il me sembla m'enfoncer tout entier dans cet aveuglement : ils ne se reconnaîtraient pas dans mon dire. Flottèrent dans des zones floues de mon crâne, sans qu'ils y aient surgi pourtant, et sans horizon précis où s'orienter, comme sur une mer où ils auraient été perdus, sans but fixe, sans rien toucher de leur compénétration, ces vers d'Éluard : Il y avait bien loin de ce château des pauvres Noir de crasse et de sang Aux révoltes prévues aux récoltes possibles.

Le soleil sur leur rue, sur le portail la pancarte peinture fraîche, en face les affiches en placard pour la fête de l'Huma, les gardiens tête nue à causer sur le pas de leur porte avec les gars qui s'en allaient, sur le fond des pulsations du juke-box, plus loin, assourdies, venant du troquet là-bas.

Une sortie de tous les jours.

CET OUVRAGE A ÉTÉ ACHEVÉ D'IMPRIMER
EN NUMÉRIQUE LE QUINZE FÉVRIER DEUX
MILLE VINGT-DEUX DANS LES ATELIERS DE
NORMANDIE ROTO IMPRESSION S.A.S.
À LONRAI (61250) (FRANCE)
N° D'ÉDITEUR : 6942
N° D'IMPRIMEUR : 2200710

Dépôt légal : février 2022

DANS LA COLLECTION "DOUBLE"

Henri Alleg, *La Question*.
Vincent Almendros, *Un été*.
Vincent Almendros, *Faire mouche*.
Yann Andréa, *M.D.*
Pierre Bayard, *L'Affaire du chien des Baskerville*.
Pierre Bayard, *Enquête sur Hamlet*.
Pierre Bayard, *Qui a tué Roger Ackroyd ?*
Pierre Bayard, *La Vérité sur "Ils étaient dix"*.
Samuel Beckett, *L'Innommable*.
Samuel Beckett, *Malone meurt*.
Samuel Beckett, *Mercier et Camier*.
Samuel Beckett, *Molloy*.
Samuel Beckett, *Oh les beaux jours*.
Samuel Beckett, *Watt*.
François Bon, *Sortie d'usine*.
Michel Butor, *L'Emploi du temps*.
Michel Butor, *La Modification*.
Éric Chevillard, *Les Absences du capitaine Cook*.
Éric Chevillard, *Du hérisson*.
Éric Chevillard, *La Nébuleuse du crabe*.
Éric Chevillard, *Oreille rouge*.
Éric Chevillard, *Palafox*.
Éric Chevillard, *Ronce-Rose*.
Éric Chevillard, *Le Vaillant petit tailleur*.
Julia Deck, *Viviane Élisabeth Fauville*.
Julia Deck, *Propriété privée*.
Charlotte Delbo, *Auschwitz et après I. Aucun de nous ne reviendra*.
Charlotte Delbo, *Auschwitz et après II, III. Une connaissance inutile, Mesure de nos jours*.
Marguerite Duras, *Détruire dit-elle*.
Marguerite Duras, *Emily L.*
Marguerite Duras, *L'Été 80*.
Marguerite Duras, *Moderato cantabile*.
Marguerite Duras, *Savannah bay*.
Marguerite Duras, *Les Yeux bleus cheveux noirs*.
Marguerite Duras, Xavière Gauthier, *Les Parleuses*.
Marguerite Duras, Michelle Porte, *Les Lieux de Marguerite Duras*.
Tony Duvert, *L'Île Atlantique*.
Jean Echenoz, *Au piano*.
Jean Echenoz, *Cherokee*.
Jean Echenoz, *Envoyée spéciale*.

Jean Echenoz, *L'Équipée malaise.*
Jean Echenoz, *Les Grandes Blondes.*
Jean Echenoz, *Je m'en vais.*
Jean Echenoz, *Lac.*
Jean Echenoz, *Nous trois.*
Jean Echenoz, *Un an.*
Paul Éluard, *Au rendez-vous allemand suivi de Poésie et vérité 1942.*
Christian Gailly, *Be-Bop.*
Christian Gailly, *Dernier amour.*
Christian Gailly, *Les Évadés.*
Christian Gailly, *Les Fleurs.*
Christian Gailly, *L'Incident.*
Christian Gailly, *K.622.*
Christian Gailly, *Nuage rouge.*
Christian Gailly, *Un soir au club.*
Anne Godard, *L'Inconsolable.*
Bernard-Marie Koltès, *Une part de ma vie.*
Hélène Lenoir, *L'Entracte.*
Hélène Lenoir, *Son nom d'avant.*
Robert Linhart, *L'Établi.*
Laurent Mauvignier, *Apprendre à finir.*
Laurent Mauvignier, *Autour du monde.*
Laurent Mauvignier, *Continuer.*
Laurent Mauvignier, *Dans la foule.*
Laurent Mauvignier, *Des hommes.*
Laurent Mauvignier, *Loin d'eux.*
Laurent Mauvignier, *Voyage à New Delhi.*
Laurent Mauvignier, *Histoires de la nuit.*
Marie NDiaye, *En famille.*
Marie NDiaye, *Rosie Carpe.*
Marie NDiaye, *La Sorcière.*
Marie NDiaye, *Un temps de saison.*
Christian Oster, *Loin d'Odile.*
Christian Oster, *Mon grand appartement.*
Christian Oster, *Une femme de ménage.*
Robert Pinget, *L'Inquisitoire.*
Robert Pinget, *Monsieur Songe suivi de Le Harnais et Charrue.*
Yves Ravey, *Enlèvement avec rançon.*
Yves Ravey, *La Fille de mon meilleur ami.*
Yves Ravey, *Un notaire peu ordinaire.*
Yves Ravey, *Trois jours chez ma tante.*
Alain Robbe-Grillet, *Djinn.*

Alain Robbe-Grillet, *Les Gommes*.
Alain Robbe-Grillet, *La Jalousie*.
Alain Robbe-Grillet, *Pour un nouveau roman*.
Alain Robbe-Grillet, *Le Voyeur*.
Jean Rouaud, *Les Champs d'honneur*.
Jean Rouaud, *Des hommes illustres*.
Jean Rouaud, *Pour vos cadeaux*.
Nathalie Sarraute, *Tropismes*.
Eugène Savitzkaya, *Exquise Louise*.
Eugène Savitzkaya, *Marin mon cœur*.
Inge Scholl, *La Rose Blanche*.
Claude Simon, *L'Acacia*.
Claude Simon, *Les Géorgiques*.
Claude Simon, *L'Herbe*.
Claude Simon, *Histoire*.
Claude Simon, *La Route des Flandres*.
Claude Simon, *Le Tramway*.
Claude Simon, *Le Vent*.
Jean-Philippe Toussaint, *L'Appareil-photo*.
Jean-Philippe Toussaint, *Autoportrait (à l'étranger)*.
Jean-Philippe Toussaint, *Faire l'amour*.
Jean-Philippe Toussaint, *Fuir*.
Jean-Philippe Toussaint, *La Salle de bain*.
Jean-Philippe Toussaint, *Nue*.
Jean-Philippe Toussaint, *La Télévision*.
Jean-Philippe Toussaint, *L'Urgence et la Patience*.
Jean-Philippe Toussaint, *La Vérité sur Marie*.
Tanguy Viel, *L'Absolue Perfection du crime*.
Tanguy Viel, *Article 353 du code pénal*.
Tanguy Viel, *Cinéma*.
Tanguy Viel, *La Disparition de Jim Sullivan*.
Tanguy Viel, *Insoupçonnable*.
Tanguy Viel, *Paris-Brest*.
Antoine Volodine, *Lisbonne, dernière marge*.
Antoine Volodine, *Le Port intérieur*.
Elie Wiesel, *La Nuit*.
Monique Wittig, *Les Guérillères*.
Monique Wittig, *L'Opoponax*.